I0635073

LA FLAGELLATION

CHEZ

LES JÉSUITES

Mémoires Historiques

sur

L'ORBILIANISME

Avec la relation d'un meurtre tout à fait singulier

commis dans un Collège de Paris en 1759

PARIS (IXe)

H. DARAGON, Libraire-Éditeur

96 - 98, Rue Blanche, 96 - 98

LA FLAGELLATION

CHEZ

LES JÉSUITES

Res p Y². 565

S'il n'est jamais trop tard, suivant la remarque de M. D. P....., de représenter la vérité à ceux qui l'aiment, je suis encore à temps, après un laps d'environ vingt-sept ans, de déposer contre quelques Jésuites.

LA CORRECTION

LA FLAGELLATION

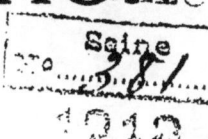

CHEZ

LES JÉSUITES

MÉMOIRES HISTORIQUES

sur

L'ORBILIANISME

avec la relation d'un meurtre tout à fait singulier commis

dans un collège de Paris, en 1759.

.... Liberius si
Dixero quid, si forte joco-
sius, hoc mitri juris Cum
veniâ dabis.
Horat. lib. I, sat. IV.

PARIS

H. DARAGON, LIBRAIRE-ÉDITEUR
96-98, RUE BLANCHE, 96-98

1912

LA FLAGELLATION

CHEZ LES JÉSUITES

S'il n'est jamais trop tard, suivant la remarque de M. D. P..., de représenter la vérité à ceux qui l'aiment, je suis encore à temps, après un laps d'environ vingt-sept ans, de déposer contre quelques Jésuites.

Ce n'est pas à la vérité dans une matière fort grave que je les traduis aujourd'hui au tribunal du public : cependant, j'ai quelque lieu de présumer que ma dénonciation pourra encore paraître assez intéressante, parce que les faits que j'ai à y rapporter sont de notoriété publique dans certains pays, et peuvent servir à faire de plus en plus connaître la politique et le génie de la Société.

A Rhodez, capitale du Rouergue, au Puy
en Velai, à Saint-Flour et à Mauriac en Auvergne, et dans les autres villes de ces monta-
gnes où les Jésuites sont les seuls à enseigner
et où ils sont regardés comme de petites divi-
nités, ces Pères, à qui il faudrait donner le
nom de bourreaux, pour remplacer celui de
Jésuites qu'on leur conteste aujourd'hui plus
que jamais, exercent sur les écoliers les plus
grandes cruautés. Les Régents les y font fouetter presque tous les jours jusqu'au sang par
plaisir, par caprice ou par vengeance ; et ce
qui favorise beaucoup leur passion de faire
fouetter, ou leur orbilianisme, c'est qu'ils ne
trouvent aucun obstacle, aucune difficulté au
libre cours qu'ils y donnent : point de reproches à craindre de la part des parents, aucune
résistance de la part des écoliers, obéissance
aveugle dans les ministres de leurs cruautés.

L'on sait, qu'excepté en Flandre, les Jésuites ne fouettent pas eux-mêmes ; partout ail-

leurs, ils ont un correcteur. On a prétendu que
Damiens avait été honoré de cet emploi dans
leur Collège de Paris ; il est pourtant plus probable que pendant tout le temps qu'il y de-
meura, il n'y fut jamais que cuistre.

Ce correcteur n'est pas dans tous les Collèges des Jésuites uniquement occupé à fesser :
dans quelques-uns, c'est une espèce de marmi-
ton, de balayeur, de jardinier, de portier, de
tailleur, etc., que l'on va appeler quand on a
besoin de son bras fouetteur. Et comme il
sait combien l'obéissance doit être prompte et
parfaite dans la Société, et qu'on lui a peut-
être lu à ce sujet la fameuse épître de Saint
Ignace et l'endroit du code jésuitique qui traitent de cette vertu, il n'est pas plutôt averti
qu'on l'attend en cinquième ou en quatrième,
etc., etc., que *sans examen et sans hésiter même intérieurement*, il pose où il peut sa pioche
ou son balai, ou son torchon ou son écumoire ;
se munit avec précipitation d'un bon martinet

ou de verges bien fraîches qu'il tient toujours
en réserve, et se rend à grands pas et avec joie
à la classe où l'on a besoin de son charitable
ministère.

Dans quelques villes, à Dijon par exemple,
à Autun, etc., le correcteur n'est ni domestique des Jésuites, ni logé dans leur Collège :
il n'y entre que pour fesser et il en sort aussitôt que son expédition est faite. C'est assez
ordinairement un pauvre artisan (cordonnier
ou savetier), proche voisin de ces Révérends
Pères ; à qui ils donnent tant par mois, ou tant
par an, pour venir instrumenter dans les classes toutes les fois qu'il en est requis. On pourrait, pour le bien distinguer des correcteurs ci-
dessus qui sont de vrais domestiques, l'appeler
correcteur externe.

Il a, comme l'on voit, deux métiers, mais
qui sont assez analogues entre eux, car ce n'est
jamais que sur du cuir qu'il travaille, puisque,
s'il veut bien fouetter, il faut qu'à l'exemple

du maître de Sylvius, dont il est parlé dans Erasme, il prenne la peau du cul pour un vrai cuir de bœuf (1). Il a encore cette commodité qu'il peut fort bien passer de l'un à l'autre de ses métiers, sans être obligé de se laver les mains, car ils ne demandent pas plus de propreté l'un que l'autre. Et tout ce que je trouve ici de gênant pour ce cordonnier ou ce savetier, c'est qu'il ne peut pas faire le lundi comme ses confrères, parce que le lundi est généralement un jour de Collège et qu'il lui est sans doute expressément recommandé de se tenir à sa boutique à toutes les heures des classes. On peut pendant ce temps avoir besoin de lui d'un moment à l'autre, et ce serait réellement une perte considérable pour l'Etat que de ne savoir alors où le prendre. Quand on est comme lui personne publique, il faut être

---

(1) *Nec magis parcit nostris natibus, quam si corrium esset bubulum. Famil. Colloq. Erasmi.*

ponctuel, on est surtout astreint à beaucoup de résidence et l'on ne peut guère sortir qu'à certaines heures. Aussi je m'imagine que l'obligation rigoureuse qu'on lui a imposée de se trouver chez lui toutes les fois qu'on viendrait le chercher du Collège, est une véritable condition *sine quâ non*, c'est-à-dire une clause de son contrat, aussi irritante qu'aucune de celles du décret de l'Assemblée de Poissy du lundi 15 septembre 1561, qui sont aujourd'hui si fameuses.

Il faut convenir que la singulière uniformité qu'on reproche tant à la Société, ne tombe pas au moins sur ses correcteurs, et ce ne sera pas la dernière fois que cette réflexion aura lieu de se produire; mais ne faisons attention, pour le présent, qu'à la bizarre différence qui se trouve entre eux relativement à leur demeure. On vient de les voir habiter dans quelques villes sous des toits sacrés, et dans d'autres sous des toits profanes, et c'est déjà une non-uniformité bien marquée ; mais c'en est encore une autre et peut-être plus frappante, de les voir exposés dans un même Collège à la même diversité ou bigarrure de domicile. Il faut donc ici faire voir que dans tel ou tel Collège, les Jésuites avaient d'abord pris des correcteurs domestiques et qu'ils ont ensuite jugé à propos de n'y avoir que des correcteurs externes.

Que les Jésuites aient pu faire un changement si singulier, c'est une question de droit et de fait. Quant au droit, elle n'est ni longue ni difficile à discuter, il ne faut pour cela que rapporter ce passage de l'abrégé de leurs privilèges : « *Praepositus cum sociis in Congregatione generali, accedente majori suffragiorum parte, quascumque particulares constitutiones, quas ad finem in Societate propositum conformes esse judicaverint, condendi jus habent..., itemque eas mutare alterare, cassare, et alias de novo condere possunt* » (Compend.

Privileg., verbo Constitutiones, § 1, vol. 1, pag. 288) (1).

Il ne s'agit donc que de prouver la question de fait, c'est-à-dire que dans le même Collège, les correcteurs externes ont réellement succédé aux correcteurs domestiques. Je pourrais peut-être faire voir cette variation dans la plupart de leurs Collèges, mais il me suffira de la démontrer pour celui de Paris, auquel le Parlement, par son arrêt du 13 février 1562 (alias 1561) donna expressément et irrévocablement le nom de Collège de Clermont et que dans la suite, la Société jugea cependant à propos de faire appeler le Collège de Louis-le-Grand; comme si ces Pères avaient eu légitimement le pouvoir de débaptiser ce Collège au gré de

---

(1) « Le général et les compagnons ont le droit de faire dans une Congrégation générale et à la pluralité des voix, telles constitutions générales qu'ils jugeront convenables à la fin que la Société se propose... Ils peuvent aussi les altérer, les casser et en faire d'autres. »

leur caprice, pour lui donner un autre nom,
plus propre à flatter leur ambition et leur or-
gueil. Mais pourquoi nous étonner ici de leur
indocilité? Ne nous avaient-ils pas déjà scan-
dalisés dans une pareille matière, par une désobéissance encore plus criminelle, en s'obsti-
nant malgré les défenses les plus expresses de
l'une et de l'autre Puissance, à vouloir retenir
le nom de Jésuites, qui est, ainsi que le disait
en 1554, M. de Bellay, évêque de Paris, « nom
arrogant pour eux, voulant attribuer à eux
seuls, *quod Ecclesiae catholicae et œcumeni-
cae competit.* »

Ce changement du nom de Collège de Clermont en celui de Collège de Louis-le-Grand
m'a un peu écarté de mon sujet; j'y reviens.

On voit par l'histoire que sous le règne
de Louis XIII et pendant la minorité de
Louis XIV, les correcteurs de ce Collège
étaient de vrais domestiques : l'anecdote de
Jean d'Alba, rapportée à la fin de la sixième

lettre Provinciale, et la sentence du Châtelet
du mois d'avril 1647, ne nous laissent aucun
lieu d'en douter. Tout le monde connaît depuis
longtemps cet ouvrage immortel de M. Pascal ; et pour ce qui est de cette sentence, qui
malgré la célébrité qu'elle méritait d'avoir,
n'avait fait du bruit que dans le temps, je dois
avant de la rapporter ici en entier, prouver la
seconde partie de ma proposition, qui est que
les Jésuites de Paris, après avoir eu dans leur
Collège des correcteurs domestiques, ainsi que
je viens de le faire remarquer, n'y avaient à
présent que des correcteurs externes.

Quel nombre prodigieux de témoins, et même des plus illustres tant de la Cour que de
la Ville, ne puis-je pas appeler ici pour attester cette vérité ? Car ce n'est de tout point une
place obscure que celle de correcteur ; tout le
monde, du moins dans les Collèges, a les yeux
ouverts sur celui qui la remplit. Et soit que ce
souvenir ait la reconnaissance ou quelque autre

motif pour principe, on pense encore de temps en temps à lui, on en parle aussi quelquefois, lors même qu'il y a longtemps qu'on a cessé d'habiter ou de fréquenter le Lycée grammatical.

Le dernier qui a été chargé pendant plusieurs années de ces éclatantes fonctions dans le Collège de Clermont de cette capitale, s'appelait Berger. C'est d'un autre berger que Virgile a dit avec beaucoup moins de raison qu'on n'aurait pu le faire de celui-ci, qu'il était connu jusques aux astres : *Daphnis ad sidera notus*. Il était logé assez près des Jésuites, mais il n'était ni cordonnier ni savetier, du moins que je sache : il est même démontré que pour tenir son rang, vivre honorablement et se faire même quelques rentes, il n'avait besoin que de son métier de fouetteur, parce que la fesserie, ainsi que bien d'autres choses, se paient beaucoup mieux à Paris qu'en province, sans qu'on y puisse dire cependant de la forte solde

de ces licteurs ou flagellateurs, ce qu'on y dit
tous les jours du prix exhorbitant du vin et de
quelques autres denrées ou marchandises, que
ce sont les droits d'entrée qui sont cause de
cette cherté. Car, par un désintéressement des
plus nobles et qui paraîtrait peut-être incroyable, s'il était moins notoire, nosseigneurs les
fermiers généraux n'ont jamais exigé aucuns
droits de domaine, barrage, poids-le-roi, etc.,
sur aucun des balais de bouleau entrant dans
Paris (1) ni par conséquent aucun acquit à

---

(1) De tous les statuts de l'Université, le seul que
les Jésuites de Paris aient adopté, c'est celui qui
défend de donner le fouet avec un martinet. Ce n'est
donc qu'avec des verges que l'on fait cet office dans
tous les Collèges de cette ville, et l'on suppose ici
qu'elles sont toujours prises de quelques balais de
bouleau, parce qu'effectivement il est rare qu'elles
soient tirées d'ailleurs. Il y a ici au surplus une
lacune très remarquable dans l'histoire des fermes
et dans celle de l'Université. On n'y voit ni depuis
quel temps ces verges sont exemptes de tous
droits d'entrée, ni à quel siècle il faut remonter
pour trouver l'origine de l'usage qu'on en fait

caution pour ceux de ces balais qui ne sont pas destinés pour l'approvisionnement de cette ville et faubourgs et qui ne font qu'y passer debout.

Mais laissons là ces généreux sacrifices de nos publicains, et revenons aux émoluments et au tour-du-bâton ou au casuel et au fixe de la charge de Berger qui nous rappelle à notre sujet.

Il était assez bien gagé des Jésuites pour les exécutions qu'il faisait dans les classes, et les parents ou les précepteurs des pensionnaires lui payaient à part celles qu'on lui faisait

---

dans les Collèges. Quant au premier de ces deux points importants, les âniers ou marchands de balais les plus anciens et les plus en état de nous en instruire, avouent n'en rien savoir ; et tout ce qu'on peut dire du second, c'est qu'on trouve dans Rabelais, qui écrivait au commencement du XVIe siècle, que le Pantagruelion, c'est-à-dire le chanvre, plus est abhorré et haï des larrons, plus leur est contraire et ennemi que le Boulas (aujour-d'hui bouleau) aux Ecoliers de Navarre.

faire dans les chambres. Il en était du prix de
ces exécutions faites en chambre comme de
celui du pain chez le boulanger, la police ne
le taxait pas, et tout ce qu'il y avait de fixe,
c'est que par chaque écolier fessé hors de la
classe, Berger ne prenait jamais moins de
douze sols : mais il ne mettait point de bornes à la générosité de ceux dont il exécutait
les ordres, et il s'en trouvait quelques-uns qui
lui donnaient jusqu'à trois livres. Tel était,
entre autres, le précepteur du comte de... qui,
malgré les ordres ou la permission du père de
son élève, aurait bien pu payer un peu moins
noblement, parce que quand on va souvent à
l'emplette, il est juste qu'on jouisse du bon
marché.

Quelle bête que ce précepteur ! s'écrieront ici
la plupart des cuisiniers, maîtres d'hôtel et autres domestiques. Ne pouvait-il pas, diront-
ils, faire contenter Berger du prix ordinaire
de douze sols pour chacun des rafraîchisse-

ments qu'il faisait prendre à son disciple, et
cependant les porter tous sur son mémoire à
trois livres la pièce ? On a bien raison de dire
que tous ces marchands de latin ne sont jamais
que des pédants, surtout tant qu'ils sont dans
les Collèges *in regione Pedanâ* (1). Que chacun néanmoins, comme dit le proverbe, se
mêle de son métier. Le leur est d'avoir un air
emprunté et d'être gauches dans tout ce qu'ils
font ; le nôtre au contraire, demande un air
libre et aisé, qui n'est pourtant point incom-
patible avec nos gros ventres, et nous avons
besoin de beaucoup de dextérité et d'adresse,
surtout pour faire danser l'anse du panier. Les
termes particuliers de leur état sont ces grands

---

(1) Si l'on est surpris de ce que nous supposons
ici que ces mots d'Horace *in regione Pedanâ*,
signifient le pays ou le séjour des pédants ; on se
souviendra bien sans doute qu'il faut les prendre
dans cette page pour du vrai latin de cuisine,
puisque nous les y mettons dans la bouche de
véritables cuisiniers.

mots ridicules dont ils sont toujours bardés, que nous n'entendons pas, et qui ne leur rapportent rien ; s'ils entendent les nôtres, ceux entre autres dont nous sommes convenus avec les épiciers, bouchers et autres fournisseurs de nos maîtres, ils doivent bien sentir qu'ils ne sont pas trop ridicules puisque nous y trouvons le moyen le plus infaillible de gagner du bien en très peu de temps. Enfin, pour trancher court, ils diffèrent essentiellement de nous par l'habit ; leur uniforme est un habit de commissaire et le nôtre, au contraire est un habit d'épinards de la couleur qu'il nous plaît (1).

---

(1) Il faut mettre ici l'explication de quelques mots que nous venons d'employer et qui ne se trouvent pas dans le dictionnaire.

1° Gagner sur les choses qu'on a achetées pour son maître, on les lui compte plus cher qu'on ne les a réellement payées, c'est ce qu'on appelle à Paris, en termes de cuisines faire danser l'anse du panier. Je m'imagine que dans les provinces cette espèce de vol n'est pas entièrement inconnue aux domestiques, mais on ne présume pas qu'on y en parle en des termes si honnêtes.

Il ne faut pas croire à la légère tout ce que
les maîtres d'hôtels ou cuisiniers viennent de
nous dire ici de leur dextérité, mais il ne faut
pas non plus sans de trop fortes preuves les
accuser de s'y être trop vantés. Tout ce qu'il
y a ici de bien certain, c'est que la voix publique, les dépenses qu'ils font et les biens considérables qu'ils laissent à leurs enfants, dépo-
sent en faveur de leur adresse, de laquelle cependant ils auraient tort de tirer trop de va-
nité, parce qu'il s'en faut bien qu'ils soient

2° Les cuisiniers et les maîtres d'hôtel sont si
fort soupçonnés de s'enrichir aux dépens de leurs
maîtres, qu'on tient qu'ils leur volent assez sur les
seuls épinards du carême, pour s'en habiller à
Pâques : aussi les habits neufs qu'ils se donnent
d'ordinaire au commencement du printemps, on
les appelle assez communément des habits d'épinards.

3° Ce qu'à Paris on appelle par dérision un habit
de commissaire c'est un habit noir, surtout lorsqu'il est un peu sec et usé, et l'on sait que la plupart des précepteurs, répétiteurs, maîtres de pen-
sion et autres pédagogues se sont condamnés à

les seuls possesseurs du secret admirable de prendre sur ce qu'on achète pour le compte d'autrui, des droits considérables mais toujours imperceptibles, variables mais toujours sûrs, injustes mais toujours alloués ou payés sans retranchement ni réduction et même sans réclamation. Parmi tant de personnes qui partagent avec eux la gloire d'un si rare talent, on pourrait peut-être leur citer certains marchands commissionnaires de Rouen, de Bordeaux, de Lyon et même de notre petite ville de M... qui jamais dans leurs factures ne pas-

n'en porter jamais d'aucune autre couleur, par la raison sans doute que de tous les habits de hasard, ou que l'on vend à la triperie, les noirs sont toujours les moins chers.

Il paraît au surplus que ces trois façons de parler sont figurées : il est aisé de deviner dans les deux dernières d'où la métaphore est tirée ; mais pour ce qui est de la première, je n'ai jamais trouvé personne qui ait pu m'en donner des explications raisonnables. Il faut espérer que quelque futur Ménage voudra bien nous apprendre l'étymologie d'une périphrase si singulière.

sent leurs commissions que sur le pied convenu, qui est ordinairement de deux pour cent ;
mais qui cependant ne sont pas si dupes que
de travailler à si bon marché : car ce qu'ils
estiment en leur conscience devoir gagner de
plus, ils s'en paient adroitement et sans bruit,
soit en comptant à leurs commettants des frais
qu'ils n'ont pas faits, soit en leur faisant payer
la marchandise un peu plus cher qu'ils ne l'ont
achetée, etc. Cette comparaison cependant que
l'on pourrait faire. du moins sous le rapport
qu'il faut saisir ici, entre ces cuisiniers et ces
marchands commissionnaires, présenterait toujours un côté un peu défectueux, car ces marchands ne prennent guère que cinq ou six pour
cent pour ces deux droits de commission (visible et invisible), au lieu que pour l'ordinaire,
ces gens de maison (à qui il n'en est dû absolument aucun, puisqu'ils sont à gages) n'ont
garde d'être si discrets : il leur arrive quelquefois de prendre plus de cinquante pour cent.

Et qui est-ce qui n'a pas entendu parler de ce fameux brochet qu'un maître d'hôtel avait acheté deux louis pour son maître, et qu'il tenta cependant de lui faire payer cent francs.

Je prévois bien que tout ce que je viens de dire depuis que j'ai quitté le pécule de Berger, bien des personnes le regarderont comme un écart de mon sujet : mais quand il s'agit de payer un aussi juste tribut de louanges que celui qui vient de fournir la matière de cette petite digression, il semble que de toutes les règles du discours il n'y en a presque point dont on ne puisse un peu s'écarter, sans encourir aucun blâme. Rejoignons cependant notre licteur ou flagellateur au plus vite, et revenons encore une fois, mais ce sera la dernière, au prix qu'on lui donnait pour le faire travailler en chambre.

Je dis donc que s'il y avait eu autant d'ouvrage qu'il en aurait pu faire, il aurait fait fortune en moins de six mois, quand même on ne l'aurait payé que sur le taux le plus bas. Et pour preuve de ce paradoxe, je soutiens toujours en suivant mon hypothèse, qu'il n'y aurait point fait de journée qui ne lui eût valu moins d'une centaine de livres. Il y a plus, je parierais pour le double, le triple et même le décuple, c'est-à-dire pour plus de cent pistoles par jour si l'on supposait que la marchandise ou la matière sur laquelle il travaillait, se trouvant d'une extrême docilité et bien éloignée de lui opposer aucune résistance ni active ni passive, il n'eut seulement pas été obligé de rabaisser lui-même le drap ou de relever le linge qui la couvrent presque en tout temps ; et qu'au moment même où il aurait voulu y apposer ses sceaux ou y graver ses empreintes, il l'eût toujours trouvée toute prête, ou autant en évidence et aussi bien étalée, que l'était celle du beau Mouroze lorsque Jeanne d'Arcq le trouva dormant dans le camp ventre contre terre, ou lorsque Charles VII, par frayeur ou par curiosité, le découvrit dans une niche (1). Mais ne poussons pas plus loin cette supposition, qui est peut-être aussi chimérique que plusieurs de ces cas absurdes proposés par certains casuistes des derniers siècles ; et raisonnons d'une manière plus simple et presque toujours d'après l'expérience sur cette importante charge de Berger.

Quoiqu'il eût presque chaque jour autant de moments à lui que certains avocats ou procureurs tant du Parlement que du Châtelet, qui ne sont pas sujets à s'enrouer à l'audience ; (Eh ! que ne sont-ils, tous les autres, aussi peu occupés, puisqu'il n'y en a presque point qui n'abusent énormément de leur ministère, qui n'est fondé d'ailleurs que sur les maux et les misères publiques) quoiqu'il eût tous les ans des mortes-saisons assez longues, ainsi que les tailleurs de Paris qui ne volent presque rien

---

(1) Poème de la Pucelle d'Orléans : chants II à X.

depuis la S. Jean jusqu'à la Toussaint : bien
des personnes soutiennent, et je suis fort de
leur avis, qu'un bon emploi dans les fermes
ou dans les domaines ne valait pas mieux que
le sien. Il est vrai que si on en juge par le luxe
ou par la dépense, on ne pourra nullement
comparer Berger à aucun de ces employés ou
commis ; car il n'avait ni galons, ni habits de
velours, ni manchettes à dentelle, ni montre
à boîte d'or ; il n'y avait pour lui ni bal ni co-
médie ; il n'entretenait point de demoiselle en
ville et il allait toujours à pied ; en un mot, il
vivait comme au bon vieux temps : fidèle disciple d'Osellus, sa table était toujours très fru-
gale, excepté peut-être à la fin du carnaval ou
aux rois, ou même le lendemain 7 janvier, fête
de S. Guignard ; et l'on n'y voyait jamais de
tout le reste de l'année que les mets les plus
communs. Mais aussi ne l'a-t-on jamais accusé
de voler la caisse ou de faire perdre ses créan-
ciers. S'il a fait souvent crier, et même un peu

fort, on lui rend du moins cette justice, que ce
n'a jamais été ni pour ses concussions ni pour
ses rapines.

J'ai lu quelque part, n'importe dans quel
livre, que les bourreaux prétendirent un jour
faire corps avec les chirurgiens, fondés uniquement sur cette raison spécieuse, qu'ils ne travaillaient comme eux que sur le corps humain.
Tout ce que l'on sait de plus de ce procès,
c'est qu'il n'a pas été jugé, soit que par leur
négligence ils aient laissé tomber l'instance en
péremption, ou qu'ils se soient volontairement
et expressément désistés de leur demande. Mais
il paraît que pour les en débouter, il aurait
suffi aux juges de faire attention que les chirurgiens ne proposant jamais que guérison ou
soulagement à ceux qui se mettent entre leurs
mains, ils devaient différer essentiellement des
bourreaux, à qui l'on a toujours pu appliquer
ce que la Sorbonne disait des Jésuites, le 1er
décembre 1554, qu'ils étaient plutôt faits pour

détruire que pour édifier (1). Vainement les de-
mandeurs auraient allégué que la chirurgie,
aveugle dans bien des cas sur les moyens qui
pourraient la conduire à son but, expédie beaucoup plus de sujets utiles que les gibets et les
roues n'en expédient de nuisibles ou de dangereux : on leur aurait toujours répliqué que
c'était tant pis pour les chirurgiens, tant pis
encore plus pour les malades, ou quelquefois
tant mieux pour leurs héritiers (2), mais que
ces raisons de tant pis ou de tant mieux ne sau-
raient jamais renverser ce principe de la mo-

---

(1) *Itaque...Haec Societas videtur in negotio
fidei periculosa, pacis Ecclesiae perturbativa, mo-
nasticae religionis eversiva, et magis in destructio-
nem quam in aedificationem.*
(2) Il y a des individus de l'espèce humaine,
assez dénaturés pour se réjouir de la mort de leurs
parents, quand elle leur procure quelque bien.
Dans les cas où l'on a des raisons suffisantes pour
envisager cette mort comme un effet de l'erreur
ou de l'ignorance du chirurgien, ces monstres ne
doivent pas être bien éloignés d'admettre le prin-

rale, qu'il faut juger de l'action par la fin qu'on s'y est proposée : *quidquid agunt homines, intentio judicat omnes.* Ainsi, tout incertain que soit le jugement des hommes, il est très vraisemblable que les bourreaux auraient perdu leur cause, s'ils s'étaient opiniâtrés à la suivre jusqu'au bout ; à moins que par leurs présents ils n'eussent aveuglé Thémis, qui l'est pourtant assez d'elle-même, puisque le bandeau qu'elle a devant les yeux, elle ne le quitte jamais. Quoi qu'il en soit de l'arrêt qui serait intervenu, on ne peut douter que cette comparaison déshonorante pour les chirurgiens ne soit tombée dans l'oubli depuis bien du temps.

Mais ce que les bourreaux n'ont pu obtenir, ne serait-il pas de l'équité de l'adjuger à Berger ? Car enfin, encore qu'il n'eût fait aucun

---

cipe posé par Vasquez, qu'us acte d'erreur est quelquefois un effet de la grâce de Jésus-Christ : *Actum erroris aliquando esse gratiam per Christum.*

cours d'anatomie, pathologie, physiologie, etc.
il n'a jamais travaillé que sur le corps humain.
Et, ce qui est ici bien décisif, c'est qu'à l'exemple des chirurgiens, il ne mettait jamais la
main sur aucun de ses sujets, que dans la vue
de lui rendre salutaires ses opérations douloureuses. Cependant, comme aujourd'hui on ne
cherche qu'à incidenter, et qu'on pourrait me
chicaner sur la différence de ces mêmes opérations, Berger ayant toujours fait les siennes
par percussion, et les carabins, ou élèves de
Saint Cosme, ne faisant jamais les leurs que
par ponction, scarification ou incision, etc.,
je consens de ne pas me servir de ces rapports
pour fonder ma comparaison, que je n'aban-
donne pourtant point, car mon honneur y est
trop intéressé : mais pour la mieux soutenir,
cette comparaison, je la tirerai d'une manière
beaucoup plus naturelle encore et plus juste
des salaires de Berger pour fesser et de ceux
des chirurgiens pour saigner. Oh! pour le

coup, on serait bien difficile si on ne se con-
tentait pas de celle-ci. Jamais les pierres des
murs de Thèbes ne se placèrent avec plus de
facilité, que ne le feront ici les usages et les
faits sur lesquels je vais la bâtir. Jamais co-
chon ne mit son groin plus naturellement et
plus juste sur une pomme ou sur un gland,
qu'on ne peut mettre ici le nez sur ce qui rend
Berger exactement semblable aux chirurgiens,
pourvu qu'on ait seulement l'attention de ne
pas les considérer, lui et eux, que sous le point
de vue que nous venons d'annoncer.

Et en effet, si je dis que Berger ne prenait
jamais moins de douze sols par fessée, tout
Paris ne me répondrait-il pas aussitôt que c'est
aussi le plus bas prix d'une saignée. Si j'ajou-
te que l'on donnait assez souvent vingt-quatre
sols à Berger, on n'attendra peut-être pas que
j'aie fini, et l'on m'interrompra pour me répliquer que la même chose arrive assez communément aux chirurgiens. Si je fais remarquer

que quelquefois on lui donne trente-six ou qua-
rante-huit sols, on ne restera pas encore court,
et l'on m'en dira tout autant des chirurgiens,
avec une vivacité qui, dans toute autre occasion, pourrait tenir de la brutalité, ou au moins
de l'impolitesse. Enfin, si j'observe que par
une bêtise rare, à la vérité, mais cependant
très connue, on lui mettait quelquefois un petit
écu dans la main, et qu'il avait assez d'esprit
pour ne jamais le refuser, il n'y aura personne
qui ne se rappelle aussitôt que l'on se moque
aussi quelquefois des chirurgiens de la même
manière et qu'ils ont tous l'esprit assez bien
fait pour ne s'en offenser jamais.

Je laisse à présent juger si j'ai eu tort d'a-
vancer que ma comparaison serait des plus justes. Elle l'est peut-être trop, et je crains qu'il
ne lui arrive, comme à certaines figures de cire,
de déplaire par le trop de ressemblance, ou
qu'elle ne se fasse citer contre elle l'axiome :
qui prouve trop, ne prouve rien. Mais dans

ce dernier cas, le mal ne sera pas grand, parce
que tous ceux qui, la voyant si juste, voudraient suspecter la réalité des coutumes et des
faits sur lesquels je l'ai établie, pourront, s'ils
sont à Paris, s'éclaircir à l'heure même, et de
la manière la moins équivoque, de tout ce qui
y est rapporté.

Au reste, comme elle n'est nommément
qu'en faveur des chirurgiens de Paris, je dois
ici des excuses à tous les autres chirurgiens de
ne les y avoir pas compris. Je n'ai pu y faire
entrer ceux des villes de province, parce que
je ne sais pas bien au juste ni le prix qu'on leur
donne, ni celui qu'ils exigent. Mais si on les
y paie comme dans cette capitale, je demande
acte de mon acquiescement à ce que cette comparaison soit déclarée commune avec eux. Et
pour ce qui est des chirurgiens de campagne,
ils ne devaient pas raisonnablement s'attendre
à y trouver place; puisque leur prix, assez
ordinairement fixé à cinq sols, n'a aucun rap-

port avec celui de Berger. Cependant, pour dédommager ces *saigneurs de village* de la gloire qui aurait pu leur revenir de cette comparaison, nous observerons à leur louange, quand le paysan n'a pas d'argent à leur donner, ils sont assez charitables ou assez accommodants pour se payer en œufs, beurre ou fromage, poules, poulets, jambons et cætera.

Que les médecins soient frères ou non des chirurgiens, car c'est encore une question indécise et sur laquelle nous nous contenterons de remarquer que le feu qu'elle avait allumé, n'ayant pas été parmi nous jugé tout à fait si nécessaire que l'était chez les Romains le feu sacré des Vestales, nous l'avons laissé presque éteindre, sans qu'il en soit résulté aucune calamité publique : quoi qu'il en soit, dis-je, de cette ridicule question, ce serait visiblement violer toutes les règles du devoir et de la bienséance, que de ne rien dire ici sur le compte de ces docteurs bien gradués, après nous être si

fort appesantis sur celui des chirurgiens, qui
n'ont cependant d'autre degré que celui, tout
au plus, de maître-ès-arts en français. Je les
ai examinés de tout sens, ces docteurs hermi-
niens, et je n'ai respecté ni leur perruque, ni
leur canne, ni leurs gants, ni leur bague; je
les ai même suivis à la procession du recteur,
mais toutes mes recherches, tous mes examens
qui m'amusaient et m'indignaient tour à tour,
ne m'ont fait trouver, en dernière analyse,
dans ces prêtres d'Esculape, que de véritables
druides. Ce n'étaient néanmoins ni sacrificateurs d'hommes, ni sacrificateurs d'animaux
que je cherchais en eux, car je ne sors pas si
facilement de mon sujet et je désirerais simple-
ment découvrir quelque chose par où je pusse
les assimiler à Berger. Mais, au lieu de res-
semblances ou de rapports, je n'ai trouvé entre eux et lui que des différences palpables, et
dont la Faculté elle-même ne pourra disconvenir à la première de ses Assemblées extraordi-

naires. En voici deux ou trois de ces différences qui sauteront aux yeux de tout le monde,
sans parler de celle que l'on pourrait tirer de la
façon de se mettre, et de tout l'extérieur de
Berger. Car encore que tous les états soient
confondus dans Paris, tant le luxe y est exces-
sif, Berger a toujours été si simple dans ses
habits, si naïf dans son langage, si naturel
dans tout son maintien, qu'on ne se fût jamais
mépris au point de le prendre pour un médecin.

Quand il travaillait sur le corps humain,
c'était toujours à tour de bras ; les médecins,
au contraire, n'y touchent jamais que très légè-
rement et tout au plus du bout de deux ou trois
doigts. Les moins musqués d'entre eux (je ne
parle que de ceux de Paris) se contentent quelque fois de vingt sols par visite, mais ils n'en
prennent jamais moins ; les élégants n'en font
pas à moins de trois livres. Si ces élégants
montent quelquefois à un quatrième ou à un

cinquième, ce sont des grâces qu'ils accordent
si rarement qu'elles ne doivent point tirer à
conséquence. Si les autres y montent assez
volontiers, on n'est pas du moins dispensé de
leur en demander bien des excuses, toutes
choses en quoi les uns et les autres se trouvent
évidemment et diamétralement opposés à Berger, qui recevait sans jamais murmurer et même toujours avec reconnaissance, une simple
pièce de douze sols et qui n'a jamais su ce que
c'était que de faire acception des étages, car il
serait monté, j'en suis sûr, et toujours pour le
même prix, au plus haut des tours de Notre-
Dame, si par une politique bien différente de
celle de la Bastille, on avait jugé à propos de
lui faire faire ses exécutions sur un échafaud
si élevé, à l'effet de les rendre aussi publiques
et visibles que celles de cette Inquisition sont
secrètes et cachées.

Enfin, c'en est assez sur les gages de la
charge de Berger : il faut même, sous peine

d'être déclaré aussi prolixe qu'un avocat, ou plus babillard qu'une femme, finir en peu de mots ce qui nous reste à dire des exemptions et privilèges, des honneurs et autres prérogatives qui y étaient attachées.

Berger ne payait jamais ni capitation, ni dixième, ni droit annuel, ni visites de communauté. Dans tous les corps de métier, on avait beau faire la chasse aux chamberlans (mon perruquier vient de m'apprendre ce terme), cela ne l'arrêtait point ; il travaillait toujours en chambre quand l'occasion s'en présentait, soit qu'il comptât sur le droit que sa charge lui en donnait, soit qu'il sentît bien que l'ouvrage qu'il y faisait, n'était pas trop de nature à pouvoir lui être saisi, soit en un mot qu'il se rassurât sur ce que chez les Jésuites, on n'avait guère à craindre d'autres jurés ou d'autres gardes que ceux des Apothicaires qui, assurément, ne se seraient jamais avisés de l'inquiéter pour commerce de pharmacie, en-

core qu'ils eussent pu dire par une métaphore
moins sigulière peut-être que celle de la Fi-
lière (1) qu'il donnait, comme eux, des clys-
tères.

Enfin, ce qui mettait le comble aux agré-
ments de la charge de Berger, c'est qu'il était
contre toute apparence qu'elle dût jamais être

---

(1) Voyez cette métaphore à la page 9 de l'*Appel
à la raison* ou pour mieux dire, *à la déraison*, ou
sans raison, car on a donné à ce libellé séditieux
celui de tous les titres qui lui convenait le moins.
Voyez ici aussi à la page suivante à quel propos
l'on y trouve cette citation : *Odiosum sane genus
hominum officia exprobrantium*. Les bornes d'une
note ne me permettent pas d'entrer dans aucune
discussion ; je supposerai, parce que je crois pouvoir le démontrer, que ces paroles latines ne pourraient venir à l'appui de la pensée de l'auteur,
qu'autant qu'elles signifieraient qu'on n'aime
guère les censeurs, ou ceux qui nous mettent nos
devoirs devant les yeux. D'où je conclurai que,
puisqu'elles ont un sens tout différent, il faut ou
que cet Appelant (à la raison) n'entende pas le
latin, ou que sa logique se soit ici trouvée terrible-
ment en défaut. Les gens haïssables dont il est
parlé dans ce passage de Cicéron, sont ceux qui

supprimée. Mais hélas ! sur quoi peut-on compter ? Berger, sans qu'il y ait aucunement de sa
faute, est aujourd'hui dans le même cas où se
trouvent plusieurs capitaines et lieutenants,
quand la paix vient à se faire : il n'a plus de
poste. Il serait bien à plaindre s'il n'avait imité

---

ont la pusillanime malignité de reprocher les services qu'ils ont rendus : un écolier de quatrième
ou de cinquième serait en état de prouver qu'on
ne peut pas l'entendre autrement. Et si à ces cinq
ou six mots du *Traité de l'amitié*, on y joint les
deux lignes qui viennent d'abord après, on en
aura une admirable traduction, et presque litté-
rale, dans ces deux vers d'un de nos grands poètes,
où un roi parle ainsi au général de ses armées :
« Je vous dois mes Etats, j'aime à le publier,
Mais, quand je m'en souviens, vous devez l'ou-
                                        [blier. »
Odiosum sane genus hominum officia expro-
brantium : quae meminisse debet is, in quem
collata sunt ; non commemorare, quis contulit.
Cette note, comme l'on voit, ne naît pas trop
directement de mon sujet ; mais pouvais-je me
dispenser de relever une erreur ou une ignorance
si grossière, dans un auteur qui semble se donner
pour le dictateur littéraire ?

la fourmi, car pourrait-il raisonnablement
s'attendre à quelque bien de la part de ses anciens maîtres? La Société qu'il a servie n'est
pas si libérale. D'ailleurs, ce n'est point elle
qui a congédié Berger; et quand elle l'aurait
fait, ne sait-on pas qu'elle peut en tout temps
renvoyer chacun de ses membres, à plus forte
raison, chacun de ses officiers ou domestiques,
sans être tenue de pourvoir à leurs besoins temporels, même les plus urgents?

Cependant Berger, car il faut dire le pour
et le contre, n'est point du tout à plaindre. Il
a exercé sa charge pendant tant d'années,
qu'outre le bien qu'il y a gagné, et qui est,
dit-on, assez considérable pour un homme de
son rang, il s'est fait de très belles connaissances. Comme il avait les meilleures pratiques
du royaume, il n'y avait point d'auteur, soit
en prose ou en vers, qui fût en aussi grande
réputation que lui. Son nom, devenu dès la
première année de son exercice, plus fameux

encore que celui de Ramponneau, a été longtemps dans la bouche de tout ce que nous
avons déjà, ou que nous aurons bientôt de plus
distingué dans l'Eglise, dans l'Epée et dans la
Robe : il s'est fait connaître très particulière-
ment de tous nos jeunes seigneurs ; il en est
même bien peu qui n'aient eu à faire person-
nellement à lui ; et ses exploits, vainqueurs du
temps, auraient passé à la postérité la plus re-
culée si, au lieu de les imprimer sur la chair, il
les avait gravés sur le bronze ou sur le marbre.

Il a cependant paru manquer un petit rayon
à la gloire de ce héros : c'est d'être célébré par
nos journalistes : car nous n'avons jamais vu
son nom dans aucun ouvrage périodique.
Mais, bon Dieu, quelle gloire que celle-là !
L'or le plus pur se convertit en plomb dans ces
productions éphémères. Aussi Berger était si
peu curieux de s'y acheter une place préten-
due honorable que, bien loin d'être tenté par
l'exemple de certains auteurs, de faire un si

mauvais usage de son argent, il aurait encore
beaucoup mieux aimé le mettre en billets de
loterie, comme tant de badauds, ou bien le prêter sur gages, comme le suisse de M. le marquis de..., ou peut-être même sans gages, mais
à un très gros intérêt, ainsi qu'en usent tous les
jours les notaires de Paris, pour les sommes
qu'on met en dépôt chez eux, et qui sont si
considérables qu'elles leur font communément
naître l'envie, et trop souvent exécuter le projet
de faire banqueroute.

On peut dire néanmoins de tous ces faiseurs
d'écrits lunatiques ou périodiques, tant de
ceux qui vendent leur encens, que de ceux qui
ne prennent point d'argent pour louer, qu'en
se tenant ainsi à l'égard de Berger dans un silence respectueux, ils ont pris un parti infini-
ment sage, et qui fait bien voir qu'ils connais-
sent parfaitement leurs véritables intérêts. En-
gagés par état et par divers mobiles à déchirer
ou à exalter tous ceux sur le compte desquels

ils ne savent pas se taire, ils ont senti d'un côté
que leurs médisances et leurs calomnies *ne
pourraient non plus obscurcir l'éclat* de Berger, *qu'un hibou celui du soleil* (1) ; et le seul
gros bon sens a suffi de l'autre, pour leur faire
toucher au doigt que leurs ouvrages n'étant
propres qu'à endormir, il ne leur convenait
du tout point d'y prôner un homme qui a surtout excellé dans l'art d'exciter et de réveiller.
Et en effet, faire l'éloge de l'administrateur
d'un des remèdes les plus agaçants, et qui
vaut presque une ventouse, et cependant continuer toujours d'être soi-même tout somnifère
et tout pavot, ne serait-ce pas se moquer très
visiblement du public et se couvrir du même
ridicule que M. de V... quand il nous parle de
l'humilité, ou que l'abbé de... quand il prêche
sur la chasteté.

---

(1) Ces paroles, écrites en caractères italiques,
sont tirées de la question, où le débonnaire Cara-
mouel examine si les Jésuites peuvent tuer les
Jansénistes.

Quoique je vienne enfin de finir ce que j'avais à dire de Berger, il ne m'est pourtant pas libre de quitter tout de suite le théâtre de sa gloire, ou le collège où il a tant brillé, parce que, suivant l'engagement que j'en ai pris, j'ai encore à y faire voir un de ses prédécesseurs nommé Jean d'Alba qui, moins fameux peut-être par l'éclat de sa charge que par l'attention qu'il avait de mettre fidèlement en pratique les belles leçons qu'il y recevait du Père Bauny, a mérité de trouver place dans des monuments immortels, les Registres du Châtelet et le Recueil des Assertions. C'est au sujet de ce Jean d'Alba, correcteur du Collège des Jésuites de Paris que j'ai promis de rapporter ici en entier une sentence du Châtelet. La voici mot pour mot : mais je dois d'abord avertir, qu'immédiatement avant d'en commencer la lecture, il sera très à propos de se mettre bien avant dans l'esprit qu'on ne dort pas. On y verra des choses si surprenantes que, sans cette précaution, on pourrait bien, en les lisant, s'imaginer de rêver.

Extrait des Registres du Greffe criminel du Châtelet de Paris, du 6 avril 1647

Jean d'Alba, âgé de trente-cinq ans, de Hondeneller, en Lorraine, le serment pris, dit qu'il y a quinze ans qu'il a commencé à servir les Jésuites, mais qu'il a fait un voyage à Lorette et ensuite fut à son pays ; qu'il s'est employé à voir sa philosophie et théologie ; qu'il y a deux ans qu'il est rentré au service des dits Pères Jésuites, desquels Pères il a des lettres qui sont entre les mains de M. du Coudray, qui font voir qu'ils lui doivent trente écus ; que lorsqu'il est rentré à leur service, ils lui promirent cent livres de gages : demeure d'accord qu'il a fondu des plats d'étain, de l'étain et du plomb qu'il a pris pour se payer de ses gages ; dénie que ce soit voler, *et qu'il a suivi ce qui lui a été enseigné par les Pères Jésuites, qui disent qu'un serviteur peut se payer par ses*

4

mains de ses gages; qu'il a pris encore des
draps qui ne valaient rien, mais que c'était en
intention de rabattre le tout lorsqu'on le paye-
rait : ce qu'il a déclaré lorsqu'on lui a promis
de lui payer ce que les Pères Eneuf et Talon
lui ont promis. Demeure d'accord que les correcteurs précédents n'ont eu que quarante livres, mais qu'ils avaient deux cents livres pour
leurs messes, ce que lui, répondant, ne pouvait
pas avoir, parce qu'il n'était pas prêtre ; dénie
avoir pris les calices ni savoir ce qu'ils sont
devenus, ni qui les a pris.

Du 8 avril 1647

A été arrêté, par jugement ordinaire, Alba,
mandé et blâmé de la faute par lui commise ;
défenses de récidiver et enjoint de se retirer en
son pays ; et les coffres, hardes, étant au greffe,
rendus au dit Alba. Et le lendemain 9 dudit
mois, Messieurs étant assemblés, Alba a été
mandé en la Chambre, où la sentence a été
prononcée, et le dit Alba blâmé au désir d'icel-

le, et mis hors de prison par le contre-huis, après lui avoir remis son coffre-fort et hardes.

Signé, J. ALBA, *avec paraphe.*

Et plus bas : Signé, PATY, *avec paraphe.*

Je n'ai pas besoin de demander ce qu'on pense de cette sentence. Ce n'est sûrement pas la belle morale qu'on y vient de voir, que Jean d'Alba avait apprise des Jésuites, qui a le plus révolté ; et l'on a été sans doute encore plus indigné d'y découvrir que ce trop fidèle disciple de la Société n'avait succédé qu'à des prêtres, dans sa place de domestique et de correcteur du Collège de Clermont. Je connaissais, il y a longtemps, cette histoire, pour l'avoir lue dans les Lettres Provinciales ; mais je ne savais pas quelle espèce de services ce misérable rendait aux Jésuites, parce que M. Pascal, n'ayant eu d'autre but en nous la rapportant que de nous apprendre les belles maximes que ces Pères ont établies en faveur des valets, ne nous avait rien dit des qualités de ce Jean d'Alba, sinon

qu'il servait les Jésuites du Collège de Clermont de la rue Saint-Jacques. Ainsi ce trait
n'étant ni le plus dangereux ni le plus pervers
de la morale ou de la doctrine de ces Pères, ne
m'avait rempli que d'une indignation que leurs
autres égarements partagent à juste titre. Mais
je me sentis tout autrement courroucé lorsque
pour la première fois, je lus dans les Assertions la même histoire de ce Jean d'Alba et que
j'y vis que ses prédécesseurs médiats et im-
médiats dans la place de correcteur-domestique
étaient des prêtres. Mon premier mouvement,
pour mieux dire, fut de me croire le jouet d'une
illusion assez semblable à celle du pilote Acha-
mas qui lui faisait prendre le port de Salente
pour l'île d'Ithaque. Le défaut de vraisemblan-
ce me fit d'abord douter du vrai et soupçonner
mes yeux d'un infidèle rapport ; et aujourd'hui
même, j'ai encore hésité en transcrivant les
paroles de cette sentence, qui prouvent clairement que les Jésuites prenaient autrefois des

prêtres pour leurs correcteurs. Se peut-il que la Société ait ainsi dégradé, autant qu'il était en elle, dans la personne de ces prêtres-correcteurs, l'éminente qualité du sacerdoce ? Quoi ! des ministres des autels, des hommes revêtus du caractère le plus auguste et le plus saint, *Regale Sacerdotium, Gens sancta,* elle les mettait dans ses collèges à l'emploi le plus bas, le plus déshonorant, le plus criminel peut-être, ou du moins le plus propre à porter au plus grand de tous les crimes. En vérité, je n'y puis plus tenir, et je supprime ici toutes mes réflexions, car où trouver des termes capables de les exprimer ?

Passons donc à d'autres observations : mais remarquons néanmoins, avant de quitter celle-ci, que quelque envie que l'on eût d'équivoquer sur le mot *correcteur* et de lui donner une signification un peu honnête, pour être moins indigné contre ces prêtres ou contre leurs commettants, il en faudrait toujours revenir à la

définition qu'en donne le Dictionnaire de Tré-
voux, autorité qui, comme l'on sait, ne peut
être suspecte à aucun des affidés des Jésuites.
« Un correcteur, y est-il dit, en termes de Collège, est celui qui châtie et qui fouette les écoliers, par l'ordre du régent ou du préfet. » Je
demande, si l'on ne pourrait pas ajouter ici,
pour faire exactement le pendant, qu'un bourreau, en termes de Palais, est celui qui suppli-
cie et qui fouette les criminels, par l'ordre du
Prévôt ou des autres juges ?

Il n'entre pas dans mon plan de parler en
particulier d'aucune des cinq ou six classes qui
composent la Société (1). Il y en a cependant

---

(1) Ces cinq ou six classes dont la Société est
composée, sont :

1° Les profès, tant des quatre que des trois
vœux.

2° Les coadjuteurs, tant spirituels que temporels.

3° Les étudiants ou écoliers.

4° Les novices.

5° Les indifférents, ou sujets mis à l'épreuve

une (et c'est celle des coadjuteurs formés) qui me paraît avoir tant de rapport ou d'affinité avec les correcteurs qu'il ne sera peut-être pas ici hors de propos de s'y arrêter un peu par forme d'épisode, et d'examiner si, dans le fait ou dans le droit, ou même dans l'un et dans l'autre, les correcteurs ne sont pas des coadjuteurs formés, temporels ou spirituels.

---

pour savoir si on les admettra dans la classe des prêtres ou des non-prêtres. Les Jésuites prétendent qu'il n'y a plus aujourd'hui de ces indifférents, et cela peut être ; car, de l'aveu même de leur avocat Montholon, ils ont le pouvoir de faire à leurs règles des changements plus considérables que celui-là.

6° Nos chers Frères les Jésuites de robe courte, ou les Jésuites cachés, qui demeurent dans le monde en habits séculiers. Je sais bien que les apologistes de la Société s'efforcent de prouver que cette dernière espèce de Jésuites n'a jamais existé ; mais Messieurs les Présidents Rolland et d'Eguilles pourraient peut-être leur démontrer le contraire : l'un à Paris, par son beau et solide discours aux Chambres assemblées, du 2 avril 1762, et l'autre à Aix, par ses propres vœux, dont je ne sais pas la date.

On ne peut entendre cette question sans quelques connaissances préliminaires. Les coadjuteurs formés furent, dans leur origine, des personnes que S. Ignace obtint la permission d'associer à sa Compagnie, pour y servir d'aides, et relativement à toutes sortes de fonctions temporelles et spirituelles. Les services qu'ils y rendaient leur firent donner le nom de coadjuteurs, et on les distingua même dès lors en coadjuteurs temporels et coadjuteurs spirituels, suivant la nature du ministère auquel ils étaient employés. Ce grade et ce nom de coadjuteurs s'est conservé jusqu'à ce jour dans la Société et y a toujours formé une de ses principales classes, car elle vient immédiatement après celle des profès (1). *His praemissis, sic argumentor.*

Comme d'un côté l'instruction de la jeunesse est une des principales fonctions de la Société,

(1) V. Les comptes rendus au Parlement de Metz, p. 42, et à celui de Besançon, p. 53.

et que de l'autre, le ministère des correcteurs a toujours fait chez les Jésuites, surtout dans certains pays, une partie très essentielle de cette même instruction, ce ne serait peut-être pas sans fondement qu'on en voudrait conclure que les correcteurs sont de vrais coadjuteurs. Mais, en ce cas, dans laquelle de ces deux bandes les admettrait-on ? Serait-ce dans les temporels, ou parmi les spirituels ? Il paraît d'abord que leur ministère ne s'exerçait que sur des objets extrêmement matériels, on ne pourrait guère les placer que dans la classe des coadjuteurs temporels, qui est celle où Ravaillac, suivant son interrogatoire, avait demandé d'être reçu (1). Cependant, à ne considérer que la fin qu'on se propose dans ces corrections matérielles, qui n'est autre sans doute que la guérison des maladies de l'âme et le progrès dans les sciences, tous objets spirituels, on

---

(1) V. Le compte-rendu au Parlement de Rouen, page 180, seconde partie.

pourrait dire (et c'est ici un effet aussi merveil-
leux qu'incontestable de la *direction d'intention*) que le correcteur ne s'en prend aux fesses
que parce qu'il les regarde comme le canal ou
le véhicule le plus propre à transmettre promptement et fidèlement à l'esprit tout le bien
qu'on a en vue de lui faire passer : et dès lors,
ces mêmes correcteurs pourront fort bien être
des coadjuteurs spirituels. Au surplus, l'idée
de spiritualité que j'attache ici à la matérialité
même de la correction, est si peu nouvelle,
qu'il y a des collèges où l'on a de tout temps
appelé le fouet une *médecine spirituelle*.

Quelle idée si singulière, me dira-t-on ici !
Quoi, les correcteurs seront donc de la hiérar-
chie jésuitique ; car enfin, on ne peut refuser de
les y admettre, si l'on fait tant que de les déco-
rer du titre de coadjuteurs temporels ou spirituels. Un pareil système n'a rien de dangereux
à la vérité, mais en est-il moins révoltant ? et
ne doit-on pas le proscrire avec indignation,

quand même on n'aurait à lui reprocher que la tache sinistre que d'être encore plus moderne que celui de Molina ?

Il faut avouer qu'on serait très bien fondé à réclamer avec tant de véhémence contre la singularité et la nouveauté de ce système. Cependant, on est forcé de convenir en même temps, que tout disciple d'Escobar y pourrait encore trouver assez d'étoffe pour en tirer, en suivant les principes de son maître, une nouvelle opinion probable. Car, selon ce rigide docteur et ses vingt-quatre vieillards : *Probabilis... ea opinio dicitur, quae rationibus innititur alicujus nomenti* (1). Or, on ne peut guère s'empêcher de regarder comme tels ceux que l'on vient de voir, qui semblent adjuger aux correcteurs le titre et le rang de coadjuteurs.

Mais, de quelque mesure de probabilité que fût dès à présent susceptible l'opinion que les

---

(1) Une opinion est censée probable, lorsqu'elle est appuyée sur quelques motifs de poids.

correcteurs sont des coadjuteurs, ou temporels
ou spirituels, la dose de cette même probabilité
serait encore beaucoup plus forte dans quelque
temps d'ici ; car, suivant le Père Jésuite, consulté par M. Pascal (VI° Lettre provinciale),
voici *l'ordre et la marche* d'une opinion nouvelle, depuis sa naissance jusqu'à sa maturité.

D'abord, le Docteur grave qui l'a inventé,
l'expose au monde et la jette comme une se-
mence pour prendre racine. Elle est encore faible en cet état, mais il faut que le temps la mû-
risse peu à peu. A quoi ce bon père, pour rendre encore plus palpable la nécessité de laisser mûrir les opinions, aurait pu ajouter une
comparaison bien naturelle, prise de la tête de
certaines femmes, des vins du Rhin et autres
végétaux, qui ne valent pas grand chose, étant
jeunes, mais qui se trouvent enfin d'un assez
bon acabit, lorsque la gelée a longtemps passé
dessus, *post certas hienus.*

Ma comparaison est-elle juste ? J'en fais tout

lecteur juge : mais, en tout cas, si elle cloche aujourd'hui, il n'en sera peut-être pas toujours de même : elle pourra un jour mûrir ; et j'implore à cet effet le bénéfice du temps, *relinquo tempori maturandum*. Pourquoi serait-elle moins privilégiée que tant d'opinions probables qu'a introduites le célèbre Diana, et qui lui ont fait dire avec une espèce de complaisance, qui tenait presque de l'extase, ces mêmes paroles latines que je viens d'emprunter de lui : *relinquo tempori maturandum*.

La petite lance que je viens de rompre en faveur des Probabilistes, fait assez sentir sans doute que je ne suis nullement d'avis qu'on regarde les correcteurs comme des coadjuteurs, ni temporels, ni spirituels. Et je rejette cette opinion avec d'autant plus d'horreur, que je ne vois pas qu'avec toute la subtilité du *distinguo*, ou de l'interprétation des termes, ou de la remarque des circonstances favorables, on puisse jamais la concilier avec le titre primordial, ou l'Edit de création de ces mêmes correcteurs, rapporté en ces termes dans le Code Jésuitique : *corrector (qui de Societate non sit) constituatur.* Qu'on remarque bien cette clause, *qui de Societate non sit.* Elle est si précise et si clairement opposée à l'établissement de ces correcteurs, qu'elle résiste sans doute, et de la manière la plus forte, à ce qu'on puisse jamais les faire passer pour de vrais coadjuteurs ; à moins qu'on ne veuille dire que la Société ne s'est du tout point fait de scrupule de contrevenir à ses constitutions sur les points les plus solennellement prohibés, ou que ces mêmes constitutions ne sont qu'un tissu de règles apparentes et incertaines, qui se trouvent contredites par des règles opposées, ou par des distinctions, ou des exceptions de toute espèce.

Cependant, pour concilier les parties, donner quelque satisfaction à ceux qui voudraient s'obstiner à regarder les correcteurs comme des coadjuteurs, et maintenant en même temps

les autres dans la possession et la jouissance
où ils ont toujours été de croire tout le contraire ; en un mot, pour entretenir la paix,
l'amitié, l'union, la concorde, qu'aucune différence de sentiments ne devrait jamais altérer :
voici l'expédient que je propose. C'est de reconnaître *de bonne foi, sans équivoque et sans
restriction mentale, et de dire tout bas comme
tout haut,* qu'à la vérité, les correcteurs n'ont
jamais eu dans la Société le titre ou les droits
honorifiques des coadjuteurs temporels ou spirituels, mais que cependant ils n'ont jamais
cessé d'y jouer très publiquement le rôle et même de la manière la plus sensible pour certains
objets temporels.

Après avoir ainsi prévenu, ou étouffé, même
avant leur naissance, les disputes célèbres qui
auraient pu s'élever sur la qualité des correcteurs, et faire autant de bruit que celles dont
retentirent longtemps les cloîtres des Corde-
liers, et les salles des Oratoriens, pour décider

chez les uns s'ils devaient s'interdire ou se permettre l'usage de la perruque, et pour déterminer chez les autres, quelle espèce de domaine
pouvait leur appartenir sur le pain et la viande
qu'ils mâchaient, ou sur le vin qu'ils avalaient.
Continuons de voir comment ces mêmes correcteurs ont rempli leur ministère dans les différents pays du royaume : mais suivons les
surtout dans ceux où il semblait que nos révérends pères n'avaient aucun ménagement à
garder.

A Rhodès, à Aurillac, à Saint-Flour, à Bil-
lon, au Puy, et en un mot, dans tous ou presque tous les autres Collèges de la Société, qui
sont de ce qu'elle appelle la Province de Toulouse, le correcteur est un écolier que ces Pères
nourrissent et entretiennent chez eux, et qui,
pour payer la nourriture, le logement et les
habits qu'on lui donne dans le Collège, fouette
de bon cœur les écoliers ses confrères, et aussi
souvent et aussi cruellement que les Régents le

lui ordonnent. Et voici comment il procède à ses exécutions.

Dans toutes les classes de ces admirables Collèges, il y a une très forte chaise à bras, placée ordinairement au bas de la chaire du Régent ; elle est toute en bois, et l'on pourrait, sinon à raison de sa vétusté, du moins pour son épaisseur, et pour sa solidité, l'appeler *le fauteuil du Roi Dagobert*. Aussitôt que le correcteur entre dans la classe où il est mandé, il va prendre cette chaise et la porte à celui des coins de la salle qui est destiné aux supplices ; ensuite le Régent y fait asseoir l'un de ses plus gros et de ses plus forts écoliers, c'est-à-dire un paysan aux larges épaules, un homme fait, car il y en a toujours de cette espèce, même dans les plus basses classes. Quand ces préparatifs sont ainsi faits, le pauvre patient est obligé de passer derrière la chaise, de s'y tenir debout, et de tendre ses mains à celui qui y est assis, et que ce gros manant lui tient si

5

bien, qu'il ne serait guère mieux garrotté avec
une corde; alors le correcteur lui fait descendre la culotte jusque sur les talons, lui re-
trousse l'habit et la chemise par dessus les
épaules et ensuite (ce que l'on sent beaucoup
mieux qu'on ne saurait l'exprimer), d'un bras
raccourci, et avec un très bon martinet à man-
che, il régale tant de pays découvert d'une
ample fessée, qui ne finit que lorsqu'il plaît
au Régent de dire : c'est assez !

C'est alors que l'on voit les mêmes coups
produire des effets très différents et exercer
des sensations bien diverses. On lit dans les
yeux et surtout le visage du Régent, le plaisir
qu'il goûte à faire bien étriller un écolier à qui
il en veut gratuitement, ou qui a eu le malheur
de lui manquer en quelque chose; de l'autre
côté, on voit le pauvre malheureux soumis aux
coups les plus ignominieux et les plus cruels,
et très souvent les plus injustes, souffrir d'autant plus qu'il ne peut exhaler sa douleur, ni

par ses gémissements ni par ses paroles ; car s'il crie un peu fort, ou qu'il dise le moindre mot, que les souffrances lui arrachent, il peut se tenir pour très assuré que, sans discontinuer, on va redoubler la dose.

Le nombre de coups de martinet que l'on donne tout de suite au même patient est incroyable ; et je n'oserais le rapporter ici, s'il n'y avait quelques milliers de témoins en état d'en déposer. Quelquefois on en donne deux ou trois cents ; communément c'est soixante-dix et quatre-vingt, mais il est très rare qu'on n'en donne qu'une quarantaine.

Si ce nombre de coups de fouet que l'on donne de suite au même écolier, surprend tous ceux qui n'en ont pas été témoins oculaires, ils seront encore plus indignés de la façon barbare dont on les donne. Ce ne sont pas, comme dans les autres Collèges, un nombre de coups qui se succèdent si rapidement les uns aux autres, que le premier touche pour ainsi dire le

dernier, et qui, par cela seul qu'ils sont si
pressés, sont nécessairement beaucoup moins
forts : dans les Collèges des Jésuites, au contraire, on décharge les coups de martinet d'une
manière plus lente, mais qui n'en est que plus
terrible. Le correcteur, sans doute, par un ordre exprès, mais secret du Régent, met toujours deux secondes d'intervalle de l'un à l'autre, et de là, que d'avantages ! Cette lenteur,
humaine dans ses apparences, très barbare
dans ses effets, prolonge considérablement la
durée de l'orage ; elle donne à l'écolier tout le
temps nécessaire pour sentir très distincte-
ment, et sans aucune confusion, la douleur de
chaque coup ; et le correcteur y trouve aussi le
moyen de conserver toute la force de son bras,
qu'un mouvement trop précipité lui aurait
bientôt diminuée, et d'élever toujours assez
haut son instrument pour pouvoir le faire re-
tomber sur la chair de la victime avec toute la
violence possible.

Un régent cruel (et ils le sont presque tous), n'a donc ici autre chose à craindre que la compassion que le correcteur pourrait avoir du patient et qui le porterait à ne pas le frapper aussi fort que le désire le Jésuite. Mais, outre que ces sentiments d'humanité n'entrent guère dans l'âme d'une personne, qui, par état, a toujours le coup levé, comment est-il croyable que ce maître-fouetteur, gueux de naissance, pour épargner un écolier qui, après tout, ne lui est rien, s'exposera au danger de perdre son pain, c'est-à-dire une place qui fait son unique ressource ? D'ailleurs, pendant le temps de l'exécution, le Régent ne manque jamais d'animer le correcteur d'un moment à l'autre : à chaque dizaine ou douzaine de coups, ce Buziris lui crie : fort, fort, encore plus fort, étrillez-le bien, qu'il s'en souvienne !

J'appelle ici à témoins tous ceux qui ont fait leurs basses classes à Rhodès, à Saint-Flour, à Mauriac. Il ne s'en trouvera pas un qui ne dise que la peinture que je fais ici du plaisir que les Jésuites trouvent dans l'Orbilianisme est fort au-dessous de ce qu'ils ont vu de leurs propres yeux, à moins que par un cas fort extraordinaire, dans ces Collèges, ils n'aient eu le bonheur d'avoir un Régent extrêmement doux, et qui ne pouvait prendre aucun plaisir à faire bien fouetter, malgré l'invitation pressante qu'il en pouvait trouver dans l'exemple de ses confrères, dans la docilité stupide de ses écoliers, dans la proximité et l'obéissance du correcteur et du teneur, et en un mot, dans une entière certitude que personne n'oserait l'en blâmer. Mais, comme je viens de le dire, un Jésuite si doux et qui résiste à tant de tentations *orbilianistiques*, est fort rare dans ces pays ; on peut l'y regarder comme une espèce de phénomène.

Je n'ai fait de basses classes chez les Jésuites que la quatrième, ce fut à Rhodès en 1735. J'eus pour Régent le Père Pradines, qui à lui

seul faisait bien gagner au nommé Barthelemi
Douat, écolier de seconde, l'habit, la nourriture et le gîte que les Jésuites lui donnaient
pour faire les fonctions de correcteur (1) ; mais
ce fouetteur avait encore plus de pratique en
cinquième, dont le Père Sal..., fameux bourreau, était Régent ; il en avait aussi beaucoup
en troisième sous le Père Deslinières. On ne
lui en donnait aussi pas mal en seconde, quelquefois même en rhétorique, sans compter
celle du Père Préfet, nommé Coifier.

_____

(1) Je ne vois personne dans l'histoire que l'on
puisse comparer à ce Douat, si ce n'est peut-être
le fameux Tempeste, à qui M⁰ François Rabelais,
rend en vers et en prose, en latin et en gaulois,
ce glorieux témoignage :

Horrida tempestas montem turbavit acutum.

Tempeste, continue-t-il tout de suite, fut un
grand fouetteur d'écoliers au Collège de Mon-
tagu. Si par fouetter pauvres petits enfans esco-
liers innocens, les Pédagogues sont damnés, il
est sus mon honneur en la roue d'Ixion, fouettant
le chien Courtau qui l'esbranle. S'ils sont par enfans innocens fouetter sauvés, il doit estre au-dessus des cieux. Rabelais, liv. IV, chap. 21.

Parcourons rapidement quelques traits orbilianistiques de chacun de ces bons Pères : il y aura encore des personnes qui trouveront plaisir à les lire, par cette raison, entre autres, que quand on n'a plus rien à craindre des maux que l'on a soufferts, on goûte quelques douceurs à s'en rappeler le souvenir : *Habet praeteriti doloris secura recordatio delectationem.*

Je commence par la plus basse classe de ce Collège, qui est la cinquième. Le Père Sal..., qui en était Régent, avait bien manqué sa vocation en se faisant Jésuite ; il lui aurait beaucoup mieux convenu de se mettre bourreau. J'avoue, pour diminuer un peu l'horreur qu'on pourrait concevoir sur ma déposition, de tous les Régents de ce Collège, qu'il a surpassé en cruauté tous ceux qui l'avaient précédé ; du moins je l'entendais dire de même dans le temps que j'étais à Rhodès ; et je suis bien persuadé que ce que cette cruauté avait

d'extraordinaire pour ce Collège, lui a assuré
pour toujours l'exécration de tous ceux qui
ont eu le malheur de l'avoir pour Régent.
J'étais logé chez M. Antoine, médecin; il y
avait un de ses pensionnaires, nommé Pradel,
natif de Conques, qui faisait cette année-là
la cinquième, et qui nous donnait assez souvent un divertissement fort singulier : c'était
de nous régaler de temps en temps de la lecture
du mémoire ou de l'*état au vrai* qu'il tenait
secrètement du nom des fessés, et du nombre
des coups de fouet qu'on leur donnait (1) : il

_____

(1) On doit bien s'imaginer que le registre tenu
par cet écolier n'était ni en papier timbré, ni
coté par premier et dernier feuillet, etc. C'était
toujours une feuille de papier commun, pliée in-4°
ou quelquefois in-8° qu'il brûlait ou déchirait,
quand se trouvant entièrement remplie (ce qui ne
tardait guère à arriver) il avait besoin d'en prendre une autre pour continuer de même. Mais cette
manière simple de tenir ses livres, ne nous les rendait point suspects : nous étions fiers du moins
qu'il n'y portait jamais rien de trop, et il serait
bien à souhaiter qu'on pût comparer avec autant

n'y avait presque pas de jour qu'il n'y eut huit
ou dix articles sur ce registre. Je me souviens
qu'entr'autres, on y voyait si souvent un nommé Boyer, dont la maison faisait l'encoignure
des deux rues de Lambergue, et un autre écolier appelé La Salle ou le Talouniérou, qu'attendu l'extrême rareté dans le Rouergue, ils
auraient immanquablement ruiné leurs parents,
si à chaque fois que Douat leur mettait la main
dessus, il avait fallu lui donner, comme à un

---

de certitude sur les portatifs et autres registres des
Rats-de-cave, sur les livres de plusieurs marchands
et ouvriers, et principalement sur ceux des *mous-
quetaires à genouil* qui (même dans les cas rares
où l'on peut les supposer fidèles) sont toujours de
vrais comptes d'apothicaires. La loi a bien obvié,
autant qu'il était possible, à toutes ces infidélités
et faussetés que nous attaquons ici : mais peut-elle
retenir toujours la main de ceux dont le cœur est
gâté ? Elle aura toujours beau veiller à l'exécution
de ses anciennes Ordonnances, ou en faire de nouvelles ; ses précautions sont souvent courtes, parce
qu'il y aura toujours des malfaiteurs assez adroits
pour en éluder impunément les effets.

autre Berger, une pièce de douze sols. Que faisaient donc ces deux enfants et plusieurs autres pour être si souvent et si cruellement écorchés ? Je n'en sais rien et je ne l'ai jamais su. Mais nous pouvons juger de la gravité de leurs fautes par un trait de clémence de ce même Père Sel..., qui mérite d'être transmis à la postérité.

Le jeudi 3 février 1735, il fit donner deux ou trois cents coups de fouet à un pauvre écolier qui était très innocent ; je ne me souviens plus de son nom et je ne puis le désigner que par sa figure et sa demeure : c'était un blondin ; il était marqué, autant que je puis m'en ressouvenir, de la petite vérole ; il demeurait à l'une des maisons qui sont, pour ainsi dire, au-dessous du clocher de la Cathédrale : sa mère y faisait le métier de boulanger. Voici le fait : la veille de ce jour était, comme l'on voit, la Chandeleur, fête de la Congrégation des écoliers. On avait, à l'occasion de cette fête,

mis beaucoup de bancs et de chaises au milieu
de cette chapelle, située précisément au-dessus
de la quatrième. La fête étant finie, il fallut le
dit jour 3 février 1735 ôter ces bancs et ces
chaises et on y employa, entre autres, des écoliers de cinquième ; cet ouvrage ne pouvait se
faire sans bruit et le Père Pradines, Régent de
quatrième, s'imaginant qu'on en faisait un peu
trop, leur envoya un de ses écoliers, nommé
Loubière, pour leur ordonner d'aller plus doucement. Je ne sais dans quels termes cet écolier s'acquitta de sa commission, mais en rentrant en quatrième, il dit au Régent que ces
écoliers lui avaient répondu qu'il ne voulait
pas cesser. Quel est celui d'entre eux qui vous
l'a dit, lui demanda le Père Pradines? C'est
un tel, écolier de cinquième, répondit Loubière. Allez-vous en, lui dit le Père Pradines,
le recommander au Père cinquième : ce que
Loubière fit à l'instant, et en rentrant en quatrième, il annonça au Régent l'agréable nou-

velle, que cet écolier allait être bien étrillé. En conséquence, un moment après, quoiqu'entre la cinquième et la quatrième le mur de séparation fût fort épais, nous l'entendîmes crier pendant un temps considérable, ce qui me fit juger qu'encore que l'on mette un intervalle assez long d'un coup de fouet à l'autre, il en avait bien reçu deux ou trois cents. J'aurais bien consulté le livre-journal de Pradel pour en savoir le nombre au juste, mais comme il était lui-même un de ceux qui travaillaient cette matinée à la Congrégation, son registre ne m'aurait rien dit : et tout ce que je sus alors de plus précis de cette exécution, c'est qu'elle fut une des plus sanglantes qu'on eût vues depuis longtemps dans ce Collège.

Un supplice si cruel et si long ne fut pas cependant capable aux yeux du Père Sel..., d'expier suffisamment la faute imaginaire de cette tendre victime; il fut encore forcé, par ordre de ce bourreau, de venir se jeter aux ge-

noux du prétendu offensé, pour qu'il daignât
lui remettre la peine qui lui restait encore à
subir. Ainsi, on avait à peine cessé de lui dé-
chiqueter les fesses en cinquième, que nous le
vîmes entrer en quatrième, les cheveux à moitié arrachés et le visage noyé dans ses larmes,
et d'une voix entrecoupée de sanglots, demander très humblement pardon au Père Pradines,
notre Régent, qui eut assez de bonté pour
lui remettre sa faute, en lui enjoignant cependant d'être une autre fois plus respectueux
dans ses réponses.

Qu'aurait fait dans un pareil cas le nommé
Pilleron, cet écolier du Collège de Montaigu,
qui tua à coups de couteau le pauvre diable de
porteur d'eau, à qui on aurait donné une récompense assez honnête, s'il avait pu le bien
fouetter ?

Comme ce meurtre est un des effets les
mieux marqués et les plus funestes de l'Orbilianisme, il ne me suffit pas de le citer; je me

trouve comme forcé à en rappeler ici les principales circonstances.

Le 1er août 1759, cet écolier qui était en même temps pensionnaire ou boursier de Mon-
taigu, ayant trouvé le moyen, aussitôt après le
dîner, de tromper le vigilant Argus, commis
à la porte, et de sortir du Collège sans permission, profita pendant tout le reste de la journée de la liberté qu'il s'était furtivement pro-
curée, et n'y rentra que le soir, assez tard. Il
n'était, absolument parlant, ni déserteur, ni
transfuge, puisque son absence fut si courte et
qu'il revint de lui-même. Cependant on l'avait
déjà dénoncé au tribunal redoutable du Minos
ou du Principal, où son procès fut bientôt instruit et jugé ; car une échappée de la nature de
la sienne, est déclarée irrémissible dans le code
pénal de la plupart des Collèges : *code singulier*, au reste, *augmenté ou diminué suivant le
caprice* du Principal, ou l'intérêt des Professeurs ou Régents ; *où il n'y a de principe fixe*

que le pouvoir de ces pédants sur les écoliers (car celui des parents et de la raison y est très souvent modifié), *où il n'y a de loi certaine pour l'essentiel que quelques maximes de police scolastique; où tout est sujet à explication, à interprétation et à distinction; où l'on peut soutenir le pour et le contre, et en adapter les conclusions à toutes les circonstances de lieux et de temps; où l'arbitraire enfin est partout substitué aux formes essentielles, sans lesquelles la punition même ne donne aucune certitude du crime.* Ces réflexions cependant, quoique justes en général, ne sont pas toutes applicables au délit dont nous allons rapporter les funestes suites.

Moins criminel peut-être que les soldats qui sortent de l'enceinte du camp pour aller en maraude, Pilleron n'eut pas tant de bonheur que ceux qui y rentrent sans avoir été rencontrés par le Grand-Prévôt. Mais ce qui nous afflige ici uniquement, c'est la fin la plus tragique de l'homme le plus innocent.

Son procès, comme je viens de le dire, lui fut bientôt fait et parfait ; il n'y fut employé d'autre forme par le Minos ou Principal du Collège nommé Germain que de lui faire subir un interrogatoire assez court aussitôt qu'il fut rentré, et dans la minute, on lui prononça sa sentence, mais on en remit l'exécution au lendemain matin.

Je ne sais si l'on peut regarder ce délai comme une des causes du meurtre auquel nous touchons. Il est bien vrai qu'on peut, sans témérité, présumer que Pilleron ne dormit pas toute la nuit, et qu'il en employa une bonne partie à rêver, ou à aviser aux moyens de se soustraire au châtiment qu'on lui préparait : mais on peut conjecturer aussi avec encore plus de fondement, qu'il n'avait pas attendu si tard pour se précautionner contre une violence à laquelle il ne pouvait ne pas s'attendre en

6

conséquence de son évasion, et qu'avant même
de rentrer dans le Collège, il était très résolu
de se défendre, tout décidé sur la manière dont
il devait le faire, et muni même des armes qu'il
devait y employer. Aussi a-t-on assuré (mais
je ne sais si c'est bien prouvé par les informa-
tions) qu'il avait fait ce même jour bien aigui-
ser son couteau, et qu'il s'était rempli les po-
ches de pierres, de palets de fer, et d'une cho-
pine de vin, qui devait sans doute lui tenir de
l'eau-de-vie ou brandevin que l'on distribue
toujours aux troupes allemandes, et quelquefois même aux françaises, un peu avant la
bataille.

Ce que l'on sait cependant avoir le plus in-
flué sur ses violentes résolutions, c'est qu'il
n'y avait alors que quelques mois qu'on lui
avait fait subir un pareil supplice, mais d'une
manière, dit-on, à lui en rendre les impressions
les plus vives et les plus durables. Et de là vient
sans doute qu'en se défendant, comme nous

allons le voir, il avait deux objets à remplir :
se dispenser d'être refouetté, et se venger de
l'avoir si bien été. Quoi qu'il en soit de ses
préparatifs, du moment où il les fit, et des sentiments que pouvait lui avoir inspirés cette
première flagellation que bien des personnes
soutiennent ne pas avoir été si cruelle, — voici
à quoi se termina la seconde.

On avait pris jour pour y procéder, ainsi
que je l'ai dit, au lendemain matin sur les sept
ou huit heures : et ce fatal moment étant arrivé, on doit bien s'imaginer que le Principal,
sans aucun effort de mémoire, se ressouvint
très bien et de l'arrêt qu'il avait rendu la veille
et de l'instant fixe auquel il en avait remis
l'exécution. Alors il donna les ordres les plus
précis ; l'invitation ou la convocation se fait
de la manière ordinaire et pour le lieu accou-
tumé ; tout se prépare, tout s'arrange suivant
les anciennes formes usitées en pareil cas ; et
pour abréger ou éviter un détail de vaines céré-

monies et autres petites circonstances, voilà
enfin Pilleron (car on ne pouvait rien faire sans
lui), le voilà seul dans une chambre avec son
juge et son bourreau qui, cette fois, était en
même temps sa partie, parce qu'en conformité
de l'usage où l'on est dans quelques Collèges
de l'Université de réunir sur la même tête la
charge de portier et celle de correcteur, il se
trouvait que le pourvu de ces deux charges ou
offices dans celui de Montaigu, était très parti-
culièrement intéressé à ne pas laisser impunie
la surprise qui lui avait été faite la veille en
qualité de portier, et qui lui avait peut-être
attiré de la part du Principal quelque sévère
réprimande, ou même des menaces de cassa-
tion ou de destitution. D'où il est très naturel
de conclure que, si on l'avait laissé faire, il se
serait, pour ce quart d'heure, acquitté avec tant
d'ardeur et de zèle de son ministère de correcteur, qu'il aurait pu mériter qu'on oubliât
l'inattention ou la négligence dont il s'était

rendu coupable le jour précédent dans son office de portier.

La partie ne paraissait sûrement pas égale, puisqu'ils étaient deux contre un ; elle le paraîtra encore bien moins dans un moment, où on les verra trois contre un. Et qui est-ce qui ne tremble pas ici pour Pilleron ? Mais si on est ordinairement invincible quand on combat *pro aris et focis,* de quel héroïsme ne doit-on pas être capable, quand il s'agit de défendre son propre derrière ? Aussi notre athlète va comme un nouvel Horace, faire briller à nos yeux étonnés, des prodiges de courage et de fureur : nous allons le voir triompher de ses trois Curiaces, dont il en blessera deux et tuera le troisième. Racontons tout uniment.

On sent bien qu'aussitôt que nos trois champions se trouvèrent assemblés et renfermés dans la même chambre, on ne perdit pas beaucoup de temps en d'inutiles reproches, ni en d'autres préludes aussi déplacés et que l'on

tenta tout de suite d'en venir à la conclusion
de l'affaire qui les y avait amenés. Pilleron,
aussi méfiant qu'un vieux renard, mais en même temps beaucoup, plus hardi, se mit d'abord
en état de défense; il tenait un couteau d'une
main et de l'autre un stylet ou un canif (d'autres disent un poinçon), il faisait volte-face de
tous les côtés à la fois, mais principalement
vers celui d'où le danger paraissait le plus im-
minent; et ses yeux, plus étincelants que ceux
d'un chat en furie, où sa bouche plus écumante
que celle d'une Tisiphone ou de toute autre
femme rousse, quand dans un accès de rage,
elle harangue son mari, annonçaient encore
mieux que ses jurements et ses menaces, les
dispositions où il était de se bien servir de ses
armes si on tentait seulement de l'approcher.

Une contenance si fière ne fut cependant pas
capable d'intimider les deux ennemis; ils fer-
mèrent les yeux au danger, et se jetèrent sur
lui avec une intrépidité digne des anciens Ro-

mains. Mais si nous devons à la vérité l'aveu que leur attaque fut des plus vives et des plus hardies, nous lui devons également le témoignage que la résistance qu'ils éprouvèrent fut des plus vigoureuses et des mieux concertées. Dès ce premier assaut, ils se trouvèrent tous les deux hors de combat, l'un blessé au bras, et l'autre aux mains.

Alors le Principal qui n'écumait peut-être guère moins que Pilleron et qui voulait absolument que force demeurât à justice, envoya précipitamment chercher un porteur d'eau de son voisinage, nommé Boucher, qui avait été longtemps dans les troupes, et qu'il connaissait pour un homme aussi fort que courageux. L'exprès dépêché vole tout de suite le chercher à la fontaine Sainte-Geneviève, mais il y apprend qu'il vient d'enfiler telle rue. Il court après lui et dans la minute il l'atteint au haut bout de la rue des Sept-Voies. Là, il lui dit tout essoufflé, de la part du Principal, de se

rendre au plus tôt au Collège et dans sa chambre. Ce pauvre homme officieux et zélé, ou
peut-être intéressé, posa aussitôt ses seaux et
arriva en moins de rien à la salle de la scène,
où il fut tout étonné d'apprendre ce qu'on exi-
geait de lui en cette occasion. Et quoique par
respect pour le sieur Germain, il n'eût rien à
lui refuser, et qu'il eût d'ailleurs bonne envie
de gagner la récompense promise, qui était de
vingt-quatre sols, suivant quelques-uns, et de
six francs suivant d'autres, il battit extrêmement froid et ne paraissait point du tout dis-
posé à se charger d'une commission si péril-
leuse. Mais alors ce Principal trouva le moyen
de l'y engager par des paroles hélas ! trop pa-
thétiques. Comment, lui dit-il, toi qui te van-
tes d'avoir servi le roi avec tant de fidélité et
de courage, de t'être trouvé à tant de batailles,
d'être monté à tant d'assauts, aujourd'hui tu
recules, un simple écolier te fait peur ! C'était
piquer d'honneur un ancien mais brave soldat

par l'endroit le plus vif, c'était le prendre par son plus grand faible. Aussi il ne lui en fallut pas davantage pour le pousser à se jeter à corps perdu sur Pilleron.

A parler en général, on convient assez tant de part que d'autre, que tout ce qui est dit ci-dessus de cet écolier ou de ses agresseurs, se passa de la manière qu'on vient de le voir. Il en est cependant de ce combat comme de bien d'autres; il y en a quelques particularités ou circonstances qu'on raconte diversement et nous avons déjà rapporté la plupart de ses dif-férences. Mais la seule qui intéresse, et qu'il serait injuste de ne pas marquer ici, c'est qu'il se trouve encore des personnes qui assurent que le sieur Germain, qui passe d'ailleurs pour un parfait honnête homme, n'eût pas plutôt fait venir à son secours ce misérable porteur d'eau, qu'il commença à s'en repentir, et ne s'occupa que des moyens de le retenir, bien loin de l'animer par les paroles qu'on a vues

ci-dessus, à braver le danger et à sauter sur
cet écolier furieux.

Quel qu'ait été l'aiguillon de la téméraire intrépidité de ce robuste vétéran, il est sûr qu'il
fut bientôt déterminé à se jeter sur Pilleron ;
mais n'ayant pu lui saisir assez bien ou assez
subtilement les bras, il ne fut pas en son pouvoir de l'empêcher de lui porter dans le même
instant trois coups de couteau au ventre qui
lui firent d'abord juger et crier qu'il était un
homme mort.

Telle fut la fin de cette tragique scène. Le
bruit s'en répandit aussitôt dans le Collège et
dans le voisinage : on fit décamper le meurtrier, et le Principal ne pensa qu'à faire em-
porter au plutôt le moribond à l'Hôtel-Dieu.
Ce qui fut si promptement exécuté, que ce ne
fut que là que sa femme put le voir, quoiqu'elle eût été avertie des premières de ce qui
venait d'arriver. Il n'y eut pas grand appareil
à mettre à ses plaies ; les chirurgiens y jugè-

rent d'abord qu'il n'avait plus que quelques moments à vivre, et ils ne se trompèrent pas : il y mourut trois heures après.

La douleur de la veuve, comme on peut bien le juger, était trop accablante pour qu'elle lui laissât la liberté d'agir, ni même de penser à aucune des mesures qu'elle avait à prendre dans un cas si pressé. Mais ses amis ou ses protecteurs y suppléèrent : et dès ce même jour, on fit dresser tous les rapports, et donner toutes les assignations qui furent jugées nécessaires ; et l'on poursuivit très vivement à sa requête, tant le meurtrier de son mari, que le sieur Germain qui, dans un sens, n'était guère moins coupable de cette mort. Pilleron fut cependant obligé de prendre des Lettres de grâce et trop heureux de pouvoir les obtenir et les faire entériner. Et pour ce qui est des réparations civiles, le Châtelet le condamna, vu son tuteur, à payer à la veuve, qui heureusement n'avait point d'enfants, la somme de douze cents livres pour lui tenir lieu de dommages et intérêts, et comme il était juste qu'elle fût encore dédommagée par l'autre coupable, le sieur Germain fut aussi condamné par ce tribunal à lui payer 400 livres. Il fut en outre condamné à la requête du procureur du roi en cette cour, que dans tous les collèges il serait fait très expresses inhibitions et défenses à tous écoliers de se mutiner. Cette sentence fut même imprimée et affichée, tant aux carrefours et autres lieux accoutumés, qu'aux principales portes des Collèges, mais sans y comprendre la condamnation du sieur Germain : car s'il était de l'équité de le punir comme il le fut, il était cependant de la politique d'en dérober la connaissance aux écoliers qui, en voyant une telle peine prononcée contre un de leurs principaux maîtres, auraient pu s'en autoriser pour leur manquer de respect et d'obéissance dans bien des cas.

Nous avons trop considéré ce meurtre du

côté du for externe pour pouvoir nous dispenser de le discuter à présent dans la rigueur du for interne. Voyons-le donc sous ce nouveau point de vue, ou ce qui est la même chose, examinons si cet écolier pécha ou ne pécha pas en tuant son agresseur.

Si l'on pouvait décider cette question par la seule autorité du préjugé, il paraît que Pilleron serait bientôt absous : car puisqu'on dit tous les jours par une espèce de proverbe qu'il n'y a pas de mal de tuer un homme en son corps défendant, pourrait-il y en avoir davantage quand on le tue en son cul défendant ? Mais voici des autorités d'une autre espèce et toutes propres encore à excuser de péché le meurtre de Pilleron. La Société, qui va nous les fournir, ces autorités, aurait-elle été engagée par quelques considérations particulières de ses propres intérêts, à établir des principes si favorables aux meurtriers ?

Isaac de Bruyn nous assure dans la thèse

qu'il fit soutenir à Louvain au mois de juillet
1687 qu'on peut tuer sans injustice et en con-
servant la modération d'une juste défense,
celui qui nous attaque dans les membres ou
dans les biens d'une grande conséquence. *Ut
vitae, ira et agressorem membrorum, bonorum-
que magni momenti, eodem servato moderami-
ne, absque injuriâ occides.* Or, qu'a fait Pilleron ? Il s'est un peu évertué, et pour défendre
son derrière qui était furieusement menacé, il a
eu recours au seul moyen d'échapper qui lui
restait dans ce quart d'heure. Ses amis ou ses
parents diront peut-être qu'en se servant de
son poignard il n'avait nullement envie de
tuer, et qu'il ne voulait tout au plus que blesser son adversaire et le mettre hors d'état de
continuer l'attaque. Mais pourquoi recourir à
ces détours pour disculper cet écolier ? Ces
suppositions peuvent être sans fondement, et
d'ailleurs l'on n'en a nullement besoin pour sa
justification, puisque le même Isaac de Bru-

ges nous dit formellement qu'il est aussi permis de vouloir percer l'agresseur, ou de lui
porter, s'il est nécessaire, un coup que l'on
sait certainement devoir être mortel, selon le
cours de la nature. *Licitum quoque est velle
aggressorem perfodere, dare vulnus etiam si
necesse sit, ex quo naturae cursu certo scis mor-
tem secuturam.*

Que l'on dise tant qu'on voudra que cette
décision de notre Révérend Père contraste sin-
gulièrement avec celle de Cujas, conçue en ces
termes : « Si quelqu'un vient pour nous frapper, et non pas pour nous tuer, il est bien permis de le repousser, mais il n'est pas permis de
le tuer. On ne pourra jamais contrebalancer
la décision d'un nouveau casuiste par l'opinion
d'un ancien jurisconsulte ; et pour montrer
l'erreur grossière dans laquelle Cujas est tom-
bé, il suffira de répondre avec la Société, que
la défense étant permise, le meurtre est aussi
réputé permis, sans quoi la défense serait sou-

vent impossible (1). Et en effet, ne voit-on pas
tous les jours dans les duels que si l'un des
deux champions ne cherche qu'à se défendre,
et à blesser l'autre tout au plus, il est ordinairement la dupe ou la victime de sa modération.
Et qu'y a-t-il de plus commun à la chasse, que
de manquer tout net sa pièce de gibier, soit en
poil soit en plume, quand on s'amuse à ne lui
tirer qu'aux pieds, à la tête ou aux ailes, dans
la vue de la prendre tout en vie, ou pour la
faire rôtir la plus entière et la moins déchirée
qu'il est possible.

Si malgré tous ces exemples qui font voir
avec la dernière évidence combien la pitié ou
les ménagements sont dangereux dans certaines occasions, quelqu'un ose persister dans la
décision de Cujas, qu'il n'est pas permis de
tuer celui qui nous attaque sans dessein de
nous ôter la vie, qu'il sache que les casuistes

---

(1) Pascal. Lettres provinc. 14° lettre.

qui ont soutenu le contraire, l'accableront
sous leur plus grand nombre et feront comme
les Juifs du temps d'Horace qui par leur mul-
titude engageaient les gens malgré eux dans
leur croyance. Molina, Reginaldus, Filiutius,
Escobar, Lessius, Emmanuel Sa et plusieurs
autres lui soutiendront et prouveront par beaux
arguments qu'il est permis de tuer celui qui
vient pour nous frapper.

Busembaum, par exemple, ô le grand nom !
Busembaum enseigne que pour conserver sa
vie ou quelque membre, il est permis à un fils,
à un religieux, à un sujet, de se défendre, s'il
est nécessaire, par l'occision de son père, de
son abbé, de son prince, à moins que de sa
mort il ne dût s'en suivre de trop grands inconvénients, comme serait la guerre... Qu'il est
permis de tuer un agresseur qui voudrait battre ou donner un soufflet à un homme fort qua-
lifié, qu'il ne pourrait autrement éviter (1).

---

(1) Busembaum, tom. I, p. 295.

7

Valère Reginald pose une conclusion pour soutenir que celui qui, pour la défense nécessaire de sa personne et de son bien, et en se renfermant dans les bornes de cette défense, tue son agresseur, tue licitement (1).

Longuet et Simon de Lessau, professeurs des cas de conscience au Collège d'Amiens en 1654 et 1656 dictaient à leurs écoliers ces belles propositions : qu'un gentilhomme, pour garantir ses épaules de quelques coups de bâton peut tuer son agresseur en supposant qu'il n'ait pas d'autre moyen de les éviter. Et que tout particulier a le droit de tuer un ennemi qui vient à lui pour le frapper, s'il ne peut éviter les coups que par la suite ou en le prévenant (2).

On lit dans Azor, l'un des vingt-quatre vieillards : « Est-il permis à un homme d'honneur

---

(1) Reginaldus (Valerius), tom. II, liv. 21.
(2) V. Le compte-rendu du Parlement de Metz, 2ᵉ part., pp. 128 et 129.

de tuer celui qui lui veut donner un soufflet,
ou un coup de bâton ? Les uns disent que non ;
et leur raison est que la vie du prochain est
plus précieuse que notre honneur ; outre qu'il
y a de la cruauté à tuer un homme pour éviter
seulement un soufflet ; mais les autres disent
que cela est permis. Et certainement je le trouve probable, quand on ne peut l'éviter autrement : car sans cela l'honneur des innocents
serait sans cesse exposé à la malice des insolents » (1).

Pierre Navarre, en parlant généralement des
affronts, déclare que selon le consentement de
tous les casuistes, il est permis de tuer l'agresseur, si on ne peut autrement éviter l'outrage :
ex sententia omnium licet coutumeliosum occi-
dere, si aliter ea injuria arceri nequit.

Ce n'est que par pure discrétion pour le lecteur que je ne cite pas un plus grand nombre

_____

(1) Instr. mor., part. 3, liv. 2, p. 105.

de ces passages ; il y en a encore tant d'autres
que la langue même d'un antique Nonain serait lasse avant de les avoir tous rapportés.

Je ne veux raisonner que d'après ceux que
j'ai cités, et je vais en conclure, au hasard de
passer pour *un imperit architecte de conséquences naturelles,* qu'autant les gentilshom-
mes ou les roturiers ont le droit de tuer un
agresseur pour s'empêcher d'en être ou bâton-
nés ou souffletés, autant et peut-être encore
plus en a eu Pilleron de tremper ses mains
dans le sang de son correcteur, pour s'exemp-
ter d'être fouetté. Car la cause de l'un est pour
le moins aussi favorable que celle des autres ;
et je ne vois du tout point comment ces casuistes pourraient en même temps disculper ceux-
ci et inculper celui-là. Serait-ce à cause du mal
que font les coups de bâton ou un soufflet ?
Mais je crois que le fouet, surtout de la façon
dont on le donne dans certains Collèges, excite
des sensations tout autrement douloureuses.

Serait-ce pour le déshonneur qu'il y a à se laisser couvrir la face des cinq doigts de son adversaire, ou à le laisser secouer à coups de gaules la poussière que l'on peut avoir sur les épaules ? Mais il est beaucoup plus humiliant encore et plus honteux, de se laisser passementer le derrière avec un bon martinet ou une bonne discipline. Je m'en rapporte bien volontiers sur ces deux points à la décision de tous les écoliers, soit grands, soit petits ; le fouet est pour eux le châtiment le plus terrible, et à leur jugement ni la bastonnade, ni les soufflets ni les coups de nerf-de-bœuf ne sont rien en comparaison de la grêle qui tombe avec violence sur la *région clunatoire*.

Dira-t-on que ces casuistes, en permettant de tuer pour se racheter de coups de bâtons ou de soufflets, ont mis à leurs décisions des correctifs ou des conditions que Pilleron n'a pas observées ? Dira-t-on, par exemple, qu'on ne peut, suivant eux, tuer en toute sûreté de conscience, qu'autant que l'agresseur est injuste, qu'autant que de sa mort il ne s'en suivra pas de trop grands inconvénients, qu'autant qu'on n'a pas d'autres moyens d'éviter les soufflets ou les coups de bâton dont on est menacé : *si aliter ea injuria arceri nequit.*

Mais outre que ces limitations ou restrictions sont plutôt soufflées par la politique, qu'inspirées par la religion, nous verrons en les discutant chacune en particulier, que cet écolier en combattant et en tuant pour l'honneur de son derrière, s'est exactement renfermé dans les bornes d'une juste défense assignée par ces casuistes.

Et en effet, quelles sont ces bornes au-dedans desquelles le meurtrier est innocent, suivant ces docteurs ; au-delà desquelles il est criminel ? La première, c'est que l'agresseur doit être injuste. Mais quel jugement doit-on porter sur l'assaut que livrait à Pilleron le porteur d'eau chargé de le fouetter ? Etait-il par là, ou n'était-

il pas un injuste agresseur? De quelque autorité que l'on suppose émanés les ordres qu'il
cherchait à mettre à exécution, quelque grave
que l'on juge la faute d'un pensionnaire qui
sort du Collège sans permission, il est bien
difficile de se persuader que Pilleron, qui avait
peut-être alors la robe virile, ou qui était au
moins à la veille de la prendre, eût mérité
d'être fouetté, ni qu'il pût même mériter de
l'être pour aucune autre faute. Car il n'y a
presque personne qui ne pense qu'on ne doit
donner le fouet qu'aux enfants, ou dans l'âge
seulement où l'on ne peut encore se faire entendre à la raison. Et c'est même et presque de
mot à mot, le jugement qu'ont porté de ce châtiment les auteurs d'un Dictionnaire si univer-
sel et si profond et si judicieux, qu'il aurait
presque tenu lieu d'une bibliothèque entière,
si par une crainte qui, quoique très bien fon-
dée, n'ôte rien ici au mérite et au poids de leur
suffrage, le ministère public ne s'était cru

obligé de les arrêter au milieu de leur course. Pilleron a donc pu, par les seules prérogatives de son âge, regarder ce porteur d'eau comme un injuste agresseur; (et c'est une raison particulière à son cas) il a pu encore le prendre comme tel par les raisons générales que M. Pascal a si bien déduites dans sa quatorzième Lettre Provinciale. Et dès lors, s'il est vrai, suivant les passages ci-dessus, qu'on puisse licitement opposer à un injuste agresseur une défense meurtrière, il s'en suit naturellement que les casuistes où se trouvent ces passages, ont déclaré d'avance Pilleron entièrement exempt d'homicide.

L'on aurait beau prétendre, pour éluder cette conséquence, que cet écolier s'est trompé en prenant ce porteur d'eau pour un injuste agresseur. Qu'il se soit trompé ou non, ce n'est pas ce qu'il est ici question d'examiner : il l'a réellement pris pour tel, et la preuve en est qu'il l'a tué. Mais son erreur même, s'il le faut,

servira à le justifier (toujours dans les principes de nos casuistes), car les maximes qu'ils
ont établies en faveur de la conscience erronée,
sont connues de tout le monde (1).

Ils nous disent encore que pour tuer un injuste agresseur, il faut que de sa mort il ne

---

(1) En supposant que pour justifier Pilleron, on
eût besoin de recourir à la conscience erronée, et
que cette voie de justification ne parût pas encore
suffisante, on pourrait ici l'absoudre d'une autre
manière et même à moindres frais, par le moyen
de la conscience distraite ou inattentive. Le pécheur
qui connaît la loi (je parle toujours d'après ces
Casuistes), mais qui n'y fait point d'attention
dans le moment du crime, n'offense pas la majesté
divine, à laquelle il est assez naturel de supposer
que ce meurtrier ne pensait du tout point alors.
Dans ce cas, il pouvait mériter des châtiments
dans des tribunaux séculiers ; mais il ne méritait
point des peines éternelles, parce qu'il n'a pas fait
attention à la noirceur de ce meurtre et à son
opposition avec la divine loi. Cet homicide est un
péché philosophique, parce qu'il blesse l'humanité
et la droite raison ; il n'est point un péché théolo-
gique, parce que Dieu, auquel on ne pensait pas,
n'est point offensé : *peccatum philosophicum.*

s'en suive point de trop grands inconvénients :
mais outre que les meurtres commis en la personne des correcteurs ou fouetteurs sont si rares qu'on peut appliquer à celui-ci, et peut-être
avec toute la justesse possible, la remarque
qu'a faite un très grand magistrat sur l'institut
des Jésuites, qu'il n'avait point eu de modèle
et que vraisemblablement il n'en servira jamais
à aucun autre, il ne faudra pas un long discours pour prouver que Pilleron n'avait pas à
craindre, en tuant ce malheureux, d'allumer
aucune guerre, ni civile ni étrangère, et que le
sang qu'il a versé, quelque sacré qu'il fût, ne
devait cependant lui paraître, ni si précieux ni
si cher, que l'est à un fils celui de son père, ou
à un religieux celui de son abbé, ou à un sujet
celui de son prince.

Enfin (et c'est ici à peu près la dernière li-
mitation de ces casuistes), ils ne permettent de
tuer un injuste agresseur pour des coups de bâton ou un soufflet, qu'autant qu'on n'a pas

d'autres moyens d'éviter ces coups : mais in-
dépendamment de ce que ces casuistes n'exigent pas tous qu'on s'enfuie quand on le peut,
car c'est là tout ce qu'ils entendent par leurs
moyens d'esquiver les coups dont on est menacé ; je crois avoir déjà observé que Pilleron
était serré de si près dans une chambre qu'à
moins de tuer son agresseur, il n'en serait jamais sorti que comme Arlequin, avec les étri-
vières.

C'est peut-être ici le lieu de remarquer en
chemin faisant, que quelque injuste, quelque
furieux ou violent que soit l'agresseur, on peut
presque toujours, sans le tuer, éviter les coups
pour lesquels on lui voit déjà le bras levé. La
personne à qui il en veut n'a qu'à lui parler
doucement, lui demander excuse, lui promet-
tre les satisfactions ou réparations qui seront
jugées convenables, et ce sera par une espèce
de prodige, s'il ne s'apaise tout de suite. C'est
ainsi qu'un chien n'a plus ni fiel ni dents, aus-

sitôt qu'il s'aperçoit que celui contre lequel
il était animé, ne cherche qu'à le fléchir en
baissant les yeux et les oreilles, mettant sa
queue entre ses jambes et se prosternant même
quelquefois jusqu'à se coucher par terre, pour
mieux demander quartier, les quatre pattes en
l'air, *pacem exorantes*. Cette façon de présenter
le rameau d'olivier ou d'arborer le pavillon
blanc, est très usitée dans leurs mœurs ; si elle
y était moins commune, elle remplirait plus
souvent le sage d'admiration.

Mais on ne trouve pas toujours tant de générosité et de clémence dans toutes les espèces
de chiens : parmi ceux qu'on appelle chiens-
de-cour (1) il y en a quelques-uns qui ne se
laissent jamais toucher ni aux excuses ni aux
gémissements ou aux larmes : c'est bien en
vain que les écoliers se jettent quelquefois à

---

(1) C'est le nom qu'à Paris les écoliers donnent
quelquefois au sous-principal, ou à celui qui est
chargé de la police de la cour du Collège. On pour-

leurs genoux : aussi inexorables que les mâ-
nes, ces pédants n'ont jamais su pardonner.

Il ne paraît pas que Pilleron ait eu recours
ni aux prières ni aux promesses pour se retirer
du danger ; cependant on peut assurer que même en tuant, il usa de plus de modération que
n'en exigent nos casuistes. Car quoiqu'ils permettent assez souvent de prévenir l'agresseur,
cet écolier ne commença à s'escrimer de son
stylet et de son couteau, et à en porter des bot-
tes à toutes feintes, qu'après que les ennemis
eurent sonné la charge et engagé le combat. Il
ne se détermina même à se défendre si vigou-
reusement, qu'après avoir charitablement, et
par plusieurs fois, averti son adversaire de se
désister de son mauvais dessein, et de ne point

rait aussi le donner dans les Collèges de province,
à ceux qu'on y appelle préfets. Mais, pour que la
métaphore soit plus juste, je voudrais qu'on ne
baptisât ainsi nulle part ces Inspecteurs de cour
scolastique, que lorsqu'ils sont exclusivement
sévères, car il n'y a aucun chien de cour, pris dans
le sens naturel, qui ne soit extrêmement méchant.

approcher, en lui déclarant qu'il avait de justes raisons de craindre sa mauvaise intention.
Mais comme cet avis ne lui paraissait pas suf-
fisant (n'en déplaise à Molina qui n'en con-
seille pas d'autre avant de tuer son agresseur),
il y joignit encore les menaces les plus terri-
bles. Si tu m'attaques par devant et en brave,
lui dit-il peut-être ou du moins pouvait-il lui
dire, en se servant des propres paroles de Simon de Lessau, tu verras si je sais bien me
défendre (1). A plus forte raison, lui ajouta-t-il
sans doute, dois-je redoubler de vigilance et de
fureur, puisque je vois bien que tu n'es qu'un
lâche et un traître, qui ne cherches uniquement
qu'à me prendre par derrière.

Après cette modération de Pilleron, après
tant d'avertissements de sa part, qui, s'ils
n'étaient pas tout à fait tels que je viens de les
rapporter, en devaient du moins beaucoup

(1) Compte-rendu au Parlement de Metz, 2ᵉ partie, p. 129.

approcher, y avait-il aucun remords de conscience, je le demande à tous nos Pères, qui pût
arrêter sa main. Le cas pressé où il se trouvait
dans cette chambre fatale, plus horrible encore
et plus hideuse pour ce quart d'heure que la
Chambre des méditations (1) et les moyens que
les casuistes lui permettaient d'employer pour
en sortir à son honneur, se trouvent disertement
exprimés dans ces lignes du Père Longuet :
« Une personne attaquée n'est point tenue de
fuir, quand elle ne peut le faire sans se déshonorer ; et s'il ne lui reste point de moyens d'éviter la blessure que l'agresseur médite, elle peut
le tuer. »

D'après ce passage et les autres ci-dessus,
tout est clair, toutes ces décisions s'appliquent
très bien au cas de Pilleron, toutes ces autorités
se déclarent en sa faveur. Il ne paraît pas mê-

---

(1) V. Dans les interrogatoires de Châtel, Guéret
et Guignard, ce que c'est que la *Chambre des
Méditations*.

me qu'il puisse rester de l'inquiétude sur ce
qu'ont dit ou disent encore certaines personnes, que les portes n'étaient pas fermées quand
il fit ce coup et qu'il ne tenait qu'à lui de faire
comme Brutus lorsqu'il jugea à propos de ne
pas attendre la fin de la seconde bataille de
Philippes, ou comme ce sage et prudent régiment qui marche à l'ennemi, avec tant de
peine et lâche le pied avec tant de facilité.
Car quand même il serait vrai que lors de ce
meurtre cet écolier eût pu s'enfuir et dire comme le gascon : *Si tu avances, je recule*, nos casuistes ne lui feraient certainement pas un
crime d'avoir ainsi tenu ferme. Simon de Lessau, entre autres, dirait d'abord que dans les
cas pressants dont nous parlons, les nobles
n'étant pas obligés de fuir, parce qu'ils ne sau-
raient le faire sans se déshonorer, ils peuvent
tuer leur agresseur en sûreté de conscience. Et
si on lui objectait que Pilleron n'était pas susceptible de ce privilège des nobles, parce

qu'étant fils d'un marchand de vins, s'il était gentilhomme, il ne l'était tout au plus qu'à la mode de la Basse-Bretagne, ou bien comme tant de prétendus gentillâtres de certaines provinces, qui, avec les seuls titres de noblesse qu'ils ont eux-mêmes fabriqués, réussissent tous les ans à se dispenser de payer la taille ; il surviendrait aussitôt plusieurs Jésuites, Longuet, Lessius, Busenbaum ; etc., qui sans mettre aucune distinction entre nobles et roturiers décideraient tout de suite en faveur de ces deux ordres de citoyens, qu'une personne attaquée n'est point tenue de fuir, quand elle ne peut le faire sans se déshonorer. Qu'on n'est point obligé de fuir un agresseur, si par la suite on se couvre d'une grande ignominie, comme l'enseignent très communément les auteurs que cite le défenseur de Gobat, jusqu'au nombre de quatre-vingt-seize (1). Et que, quand on

---

(1) *Non tenerès fugere invasorum, si per hoc incurras gravem ignominiam, uti communissime*

8

ne peut fuir sans exposer sa vie ou son honneur, il est permis de prévenir l'agresseur, car
on n'est point tenu d'attendre qu'il ait frappé.
Enfin, si on ne se rendait pas encore à des autorités si nombreuses, et si respectables et
qu'on osât répliquer qu'il n'y aurait peut-être
pas eu beaucoup de déshonneur pour Pilleron
de décamper, et de *prendre*, comme on dit, *Jac-
ques Deloge pour son procureur* (dans l'hypothèse toujours qu'on eût pu le faire), le martial
Escobar ne manquerait pas d'entrer aussitôt
dans la lice armé de son problème 34 et d'en
couvrir comme d'un bouclier, les décisions de
ces trois confrères ci-dessus. Le voici ce problème. On ne ferait pas mal peut-être de le
lire tous les ans à la tête du régiment dont je
viens de parler.

*Des personnes ignobles et de profession mé-
canique, attaquées par une autre, sont obligées,*

---

doccut auctores, quorum 96 recesset vindex Go-
bati. Busembaum et La Croix, théol. mor., t. I.

et ne le sont pas de fuir, pour ne pas mettre à
mort l'agresseur.

Elles sont obligées de fuir, si elle le peuvent
commodément ;

Elles n'y sont pas obligées.

Le premier sentiment me paraît le plus probable, mais j'avoue que je penche pour le second, par la raison que la fuite est une infamie
pour toutes sortes de raisons, nobles ou non ;
outre que celui qui fuit, peut s'exposer au péril
de faire une chute, qui donnerait à l'agresseur
la facilité de le frapper ou de le tuer. Or, personne n'est tenu de s'exposer de la sorte.

Quoique je ne sois pas payé par Pilleron,
comme l'était son avocat, pour lui chercher des
excuses à son meurtre, je ne saurais passer entièrement sous silence plusieurs autres parités
qu'on peut très naturellement établir entre les
cas où ces théologiens modernes permettent bé-
nignement de tuer, et celui où était cet écolier
au moment de son homicide. Mais pour ne pas

trop ennuyer, je serai tellement concis dans ces parités, que je n'entreprendrai pas même d'y faire voir la liaison de la conséquence au principe.

Si ces docteurs permettent de tuer pour sa propre défense, et rois et princes, et toutes les autres personnes les plus qualifiées de l'Etat, pourquoi défendraient-ils de tuer par le même motif, celles qui dans l'ordre civil et politique y tiennent le dernier rang : un porteur d'eau, un correcteur ordinaire ou extraordinaire?

S'ils permettent de tuer les juges, pourquoi défendraient-ils de tuer les bourreaux?

S'ils donnent à un prêtre assailli dans un lieu sacré, dans une église, la permission de tuer; pourquoi la refuseraient-ils à un écolier laïque attaqué dans un lieu profane, dans une chambre où se fait assez souvent l'exécution des criminels? (1)

---

(1) Si un prêtre, dit Fagundez, étant à l'autel, célébrant les saints mystères, est attaqué par quel-

S'ils permettent, s'ils font même un devoir indispensable de tuer pour défendre son prochain, il est très naturel de conclure qu'ils donneront la même permission à quiconque se trouvera comme Pilleron dans le cas de se défendre soi-même.

Sur quoi j'observerai, mais sans quitter le fil de mes parités, que ces Pères ont bien raison de se plaindre du nom de casuistes relâchés qu'on leur donne communément. Ce nom qu'on ne peut gagner que par des dispenses trop larges, ils le méritent si peu ici que leur rigorisme les a portés, comme on vient de le voir, à nous imposer, sous peine de péché mortel, une obligation qui est réellement au-dessus de la force des hommes et qui a été inconnue à toute l'antiquité chrétienne. Celui, dit Les-

---

qu'un, il peut licitement interrompre la célébration des saints mystères et se défendre : et si en se défendant, il tue celui qui l'attaque, il peut incontinent après, retourner à l'autel et achever le sacrifice de la messe.

sius (car on ne saurait trop répéter le passage
ci-dessus), celui qui ne défend pas la vie de son
prochain, son honneur, sa pudicité, ses biens
temporels de grande conséquence, pouvant
licitement et légitimement les défendre, même
en tuant l'injuste agresseur, lorsqu'il ne peut
pas les défendre autrement, *pèche mortellement
contre la charité*, pourvu qu'il le puisse faire
sans un préjudice notable et sans se faire tort.

Si ces casuistes permettent de tuer pour des
injures, pour des calomnies, pour des médisances, pour un démenti ; ou, ce qui est la même
chose, s'ils donnent cette permission pour de
simples coups de langue que le vent emporte
le plus souvent ; comment pourraient-ils le refuser pour de bons coups de martinet ou de
verges, dont l'effet est si peu momentané, qu'il
arrive quelques fois d'en voir encore l'em-
preinte au bout d'une quinzaine de jours et
même de trois semaines.

S'ils permettent de tuer pour un geste qui

tombe à peine sous les yeux ; à plus forte raison pour des coups qu'à la vérité le provoqué
ne voit que très obliquement, ou pour mieux
dire, point du tout, dans l'instant précis que
le provoquant les lui administre, mais sur la
réalité desquels il ne saurait cependant former
aucun doute, quand même il serait un Pyrrho-
nièn outré.

Enfin, s'il est permis, suivant ces docteurs,
de tuer pour la défense de son bien, pour un
écu par exemple, pour une aiguille, pour une
pomme, *ergo a pari* et mille et mille fois *a for-
tiori* pour la défense du plus gros de ses bijoux.

On sent bien sans doute que, par l'énoncé
des thèses que je viens d'énoncer, et par les
règles les plus exactes de la dialectique, il serait très aisé de démontrer la justesse de tous
ces arguments de parité : mais, pour être plus
court, ou pour moins ennuyer, je supprimerai
ici tous mes raisonnements. Et pour ce qui est
des principes d'où ces parités sont tirées, si

j'en parle encore, ce n'est que pour les étayer d'une réflexion qui ne paraîtra pas ici déplacée : savoir, que de tous les docteurs qui les ont établis, ces principes, il n'y en a pas un qui ne soit de cette *compagnie prédite par Isaïe, laquelle est plutôt une société d'anges, qu'une société d'hommes, une troupe d'anges lumineux et brûlants, la Compagnie des parfaits, dont tous les membres sont éminents en doctrine, en sagesse et en vertu... naissent tous le casque en tête, sont tous des lions, des aigles, des héros, des foudres de guerre, la fleur de la Chevalerie... des génies tutélaires et protecteurs de l'Eglise, etc.* (1).

Il faut enfin remarquer au sujet des principes meurtriers ci-dessus rapportés, que ce ne sont peut-être pas les livres où on les trouve qui ont poussé Pilleron à défendre sa culotte et son cul d'une manière si inusitée, car de même

(1) V. toutes ces gasconnades et plusieurs autres dans le livre intitulé : *Imago primi sæculi Societatis Jesu* (1640).

qu'il n'est pas sûr que Ravaillac eût lu Mariana, l'ouvrage le plus propre à lui inspirer son détestable projet ; de même aussi l'on peut douter que cet écolier eût jamais lu Busembaum, ni Emmanuel Sa, ni Lessius, etc., parce que tous ces auteurs, incendiés depuis peu, ont écrit dans une langue qu'il n'entendait pas encore trop bien. Et j'oserais presque soutenir que s'il avait puisé dans quelques livres cette doctrine meurtrière, ce ne pouvait être tout au plus que dans celui du Père Pomey, qui est écrit en français, qui semble fait uniquement pour l'instruction de la jeunesse (puisque c'est un catéchisme) et où on lit la demande et réponse suivantes, qui s'appliquent on ne peut mieux au cas où se trouve ce jeune homme.

D. — Si quelqu'un me voulait tuer, ou blesser, ou me voulait ravir l'honneur, ou m'ôter ma bourse, et que je ne pusse pas me défendre, ni repousser la force qu'il me ferait, qu'en le tuant : ferais-je mal de le tuer ?

R. — Non, car il est toujours permis de se défendre et de repousser la force par la force, si on ne le peut autrement (1).

Mais la question que je m'étais proposé d'examiner n'étant pas de savoir ce qui put déterminer Pilleron à une défense meurtrière, et n'ayant eu d'autre objet que de discuter si cette défense lui était ou interdite ou permise dans le tribunal intérieur de la conscience; il semble que tout est dit à ce sujet dès que l'on est instruit, comme nous le sommes à présent, de ce qu'en a pensé la Société, *cette troupe d'anges lumineux et brûlants, cette Compagnie des parfaits, dont un seul vaut une armée.* Nous venons de voir les principes qu'elle a posés au sujet de l'homicide; nous y avons vu que l'absolution de Pilleron en dérivait par des conséquences immédiates et nécessaires. Il ne nous reste donc qu'à observer qu'elle a de tout temps

(1) *Petit Catéch. Théolog.* de François Pomey, p. 172.

embrassé et enseigné cette doctrine de sang, avec tant d'ardeur et de zèle que ni M. Pascal par ses sarcasmes aussi vifs et ingénieux que pieux, ni un grand nombre de pasteurs du second ordre et plusieurs autres théologiens, par leurs dénonciations et leurs doctes et solides écrits, ni les Universités par leurs jugements, ni les évêques, tant en corps qu'en particulier, par leurs mandements et leurs censures, ni les Souverains Pontifes par leurs anathèmes et leurs foudres, ni les tribunaux séculiers par leurs flétrissures et les autres peines les plus graves, ne lui ont opposé jusqu'à ce jour que d'impuissantes barrières, et n'ont jamais pu la forcer à changer de sentiment ni de langage.

Revenons à présent à nos moutons, comme disait Rabelais, bien entendu que ces moutons de Rhodez dont je vais encore parler, je pourrai encore les appeler ci-après, sans me contredire ni me couper, de vrais tigres d'Hircanie.

Quoiqu'on regardât comme un vrai bour-

reau le Père Sal..., qui enseignait la cinquième
dans le Collège dont Pilleron nous a fait interrompre l'histoire flagellatrice, les autres Régents qui n'avaient pas la même réputation,
ne laissaient pas cependant de prendre un vrai
plaisir à martyriser leurs écoliers. Nous allons
le voir pour chaque classe en particulier et jusqu'à la rhétorique inclusivement.

En quatrième, le Père Pradines en faisait
fouetter une vingtaine par semaine et toujours
sur le pied de 70 ou 80 coups par chaque fessée. Dubois, Pessius, Vaisse, Piconmajor, Ca-
banettes, Bernadou, Maric et plusieurs autres
étaient presque toujours sûrs d'être de la fête.

Je rapporte bien exactement le genre et le
degré de punition de ces enfants infortunés,
mais je n'en puis faire autant de leurs fautes,
parce que la plupart du temps elles étaient ou
fort chimériques ou fort légères : et je crois
très fermement que le Régent ne suivait en
cela que son goût particulier. Si la sincérité

n'était pas entièrement bannie de chez les Jésuites, si le Père Pradines en avait seulement autant qu'un homme ordinaire, et qu'on lui demandât pourquoi il punissait si souvent ses écoliers et toujours de la même manière, car il n'y avait jamais dans sa classe d'autre punition que le fouet, voici à peu près ce qu'il répondrait :

Je n'étais pas méchant de mon naturel, et il y a bien paru, puisque je n'ai jamais *ébranlé les têtes de mes disciples comme on fait un pot par les anses par vellication et érection des aureilles* (1), et que je ne leur ai même donné à aucun, ni horions, ni férules ni soufflets. Mais ils n'y ont rien perdu : s'ils ne sont pas des ingrats, ils me doivent ce témoignage que j'ai eu en revanche un soin tout particulier de les faire bien flageller. Je ne leur devais peut-être pas ce soin toutes les fois que je le pre-

---

(1) Rabelais, liv. III, chap. 45.

nais, mais j'étais toujours bien aise, ou pour
parler encore plus juste, je trouvais un vrai
plaisir à leur témoigner le plus souvent que je
pouvais, cet excès de mon zèle et de mon
attention pour eux. Plaisir singulier si l'on
veut, mais qui n'en est pas moins une des pas-
sions de l'homme : tous ceux qui y sont sujets ne s'en vantent pas, et ce qui prouve
qu'elle est beaucoup plus générale qu'on ne
pense, c'est qu'elle se déclare dans la plupart
des enfants. A cet âge, où l'on n'a ni la politique ni la prudence de cacher ses inclinations
ou ses penchants, on les voit prendre un plaisir extrême à un certain jeu qu'ils appellent la
maîtresse d'école. Qu'a donc de si piquant
pour eux ce divertissement? C'est qu'ils font
fouetter ou qu'ils fouettent, ou qu'ils sont eux-
mêmes fouettés. Ils déclarent encore cette passion par l'état de vie qu'ils se choisissent dès
lors; plusieurs d'entre eux disent : Quand je
serai grand, je veux être maître d'école ou ré-

gent parce que j'aurai le plaisir ou de fesser ou de faire bien fesser mes écoliers. Il est donc très sûr que sans être foncièrement cruel, on peut trouver un vrai plaisir à faire bien flageller.

C'était ce goût si décidé qui me faisait si souvent appeler Douat dans ma classe. Je lui faisais fouetter celui-ci parce qu'il était laid, ou qu'il avait dans son extérieur quelque chose qui me déplaisait : c'est ainsi que sans être méchant, l'on donne en passant un coup de bâton ou de fouet à un chien qui ne nous plaît pas.

Je faisais au contraire, fouetter celui-là parce qu'il était d'une aimable figure, en quoi je prenais un plaisir qui tenait peut-être un peu de la concupiscence. Je consulterai là-dessus notre Père Sanchez.

Quelques-uns ne me paraissaient pas assez respectueux et soumis; ils ne saluaient pas d'assez loin ni moi ni mes confrères, et j'avais

grand soin de les faire bien étriller, soit pour
leur apprendre leur dépendance, soit pour me
procurer le plaisir d'exercer un acte de souve-
raineté. Ce fut dans des vues à peu près semblables, et pour faire reconnaître dans Mu-
neau nos droits et notre puissance, que nous
y fîmes pendre, en 1730, les deux frères Sei-
gneurel, qui n'avaient fait aucun mal.

Un autre ne me paraissait pas assez avancé,
je venais à découvrir qu'il n'avait pas fait
tous les progrès que je croyais ; je ne m'amu-
sais pas à en chercher la cause, à en examiner
la raison ; la fumée comme on dit, me montrait
aussitôt à la tête et tout de suite je le faisais
bien écorcher. Tels les ébénistes, les horlogers,
les musiciens, les peintres, les poètes, les avocats, ceux d'entre les prédicateurs qui composent eux-mêmes leurs sermons, et plusieurs
autres auteurs ou artistes, se dépitent quelquefois contre leur propre ouvrage : ils le bar-
bouillent, ils le déchirent ou le brisent, quand

ils voient qu'il ne va pas à leur fantaisie. On ne dira pas assurément que j'étais plus blâmable qu'eux. Leur métier est parfois assez doux ; du moins n'est-il guère capable de faire prendre de l'humeur ; celui d'enseigner est au contraire le plus propre à en donner, il est le plus pénible et le plus ennuyeux de tous. En brisant, en cassant leur ouvrage, ils s'en prennent à une matière insensible ; ils perdent leur bois, leur papier, leur cuivre, leur vers, leur peine ; moi je ne m'en prenais qu'à des êtres animés et sensibles, à des fesses, dont la peau est délicate et très tendre, et je ne perdais rien : ces fesses restaient toujours fesses et je pouvais dès le lendemain, comme il m'est arrivé souvent, faire retravailler dessus, soit que les sillons de la veille fussent effacés ou non.

Enfin, quel plaisir plus voluptueux que de pouvoir se livrer tout de suite aux mouvements de la colère et de la vengeance ? Un écolier m'avait-il désobéi, manqué en quelque chose,

9

en un mot m'avait-il mis en colère : les plaisirs des sens ont-ils rien de comparable à celui que je prenais alors à lui faire porter, *hic et nunc*, la plus grande de toutes les peines, la plus terrible pour cet âge-là ? Mon cœur était dans ce moment d'autant plus rempli de la plus parfaite volupté que c'était moi-même qui ordonnais le supplice, qui le faisais exécuter sous mes yeux, qui en prolongeais la durée autant que je voulais, et que c'était à moi-même que s'adressaient les excuses et les protestations réitérées de repentir et d'amendement, qui sortaient de la bouche de celui de qui je tirais une vengeance si délicieuse.

La politique a eu aussi un peu de part dans le nombre prodigieux de coups de fouet que j'ai fait donner. Je sentais que je n'avais ni l'âge ni les autres talents nécessaires pour me faire craindre, et je tâchais d'y suppléer par des exemples réitérés de sévérité. Sans ce secours comment aurais-je pu contenir mes écoliers dans les bornes du respect infini qu'ils me devaient ? Comment aurais-je pu faire trembler les jeunes gens dont j'étais à peine l'aîné ? Oui, j'avais encore tant d'air et de manières enfantines que si je ne leur avais fait continuellement sentir que mon sceptre était de fer, ils se seraient bientôt avisés de me prendre pour un roi aussi ridicule que le Soliveau des grenouilles.

D'ailleurs, qu'avais-je à craindre en les faisant bien flageller ? C'était dans un pays où notre Compagnie est toute puissante : la plupart des Rouergais sont si remplis de vénération pour nous, qu'ils croiraient faire un péché mortel, de penser seulement qu'un Jésuite puisse faire quelque chose de mal. J'avais beau faire écorcher mes écoliers, personne n'y trouvait à redire ; la plupart des pères et des mères m'en louaient, et si quelques-uns m'en avaient blâmé, ils n'auraient osé le faire ouvertement ; je l'aurais su, et leurs fils venant toujours né-

cessairement dans ma classe, puisqu'il n'y a
point d'autre collège, je n'aurais pas manqué
de le faire étriller, et plus souvent et plus fort.
Ils auraient encore moins osé s'en plaindre :
ils n'auraient pu, pour le faire, s'adresser qu'à
notre Père Recteur, de qui seul j'avais des
ordres à recevoir, mais il ne les aurait pas
écoutés ; ou, s'il avait daigné leur répondre,
ce n'aurait été que pour leur représenter combien ils étaient déraisonnables, téméraires et
insolents. Car après tout, dans une cause entre quelqu'un de la *Société des nôtres* et quelqu'un de la *Société des externes*, a-t-on jamais
vu un Jésuite donner tort à son confrère ? Ce
serait assurément du fait bien nouveau.

Que risquais-je, encore une fois, à faire bien
fesser mes écoliers ? S'ils ne l'avaient pas
alors mérité, ils devaient le mériter dans la
suite. Le fouet ne sert qu'à réveiller les esprits,
on dit qu'il réchauffe en hiver, et qu'en été il
rafraîchit. Les écoliers en sont-ils moins gras

et moins frais pour le recevoir souvent ? Ce
châtiment n'a presque jamais d'aussi mauvai-
ses suites que chez les religieuses de C... ou
aux écoles de charité de la paroisse S... de
Paris. S'il avait donné la fièvre ou quelqu'autre maladie à quelqu'un de mes écoliers, et que
les tribunaux séculiers en eussent voulu prendre connaissance, j'aurais d'abord allégué la
faculté que nous avons de ne pouvoir être in-
terrogés en justice qu'avec la permission de
notre supérieur, qui ne l'accordera jamais en
matière criminelle (1). Et si nonobstant ce pri-
vliége, on avait voulu absolument (ce qui n'était
pourtant pas à craindre) me traîner de force
devant les magistrats, Busembaum m'aurait
appris à leur répondre. N'étant point inter-
rogé légitimement, je n'aurais point été obligé
d'avouer ma faute ; j'aurais éludé la question ;
je me serais servi de termes équivoques ; j'aurais même nié les faits, en usant néanmoins

(1) Const. part. 6, chap. 3, n° 8.

de restrictions mentales, pour m'empêcher de
mentir (1). J'aurais, après tout, rejeté la faute
sur le correcteur ; je l'aurais accusé de s'être
servi, contre mes intentions, d'un martinet
trop terrible, et d'en avoir appliqué les coups
avec plus de violence que je ne le lui avais or-
donné. Enfin, notre Compagnie entière, dont
le crédit est si grand, n'aurait certainement
pas manqué de prendre ma défense. Pourquoi
m'aurait-elle moins soutenu qu'elle ne fit notre
fameux Père Girard ? Je suis bien assuré que
tous nos Pères, surtout ceux de Rhodès et de
Toulouse, auraient été pour moi, par leurs sol-
licitations et leurs intrigues, autant de Pères
de Sabattiers.

Quant à la forme de mes jugements, je n'en
observais presqu'aucune, parce que je savais
qu'en vertu de nos privilèges, nous pouvions,
dans l'imposition des peines, procéder libre-
ment, sans nous embarrasser des subtilités du

(1) Busembaum, t. I, p. 713, n° 1521.

droit, conformément aux usages approuvés et aux Instituts généraux de la Société faits ou à faire (1). Eh ! combien d'autres pédagogues n'y a-t-il pas hors de notre Compagnie, qui mettent tout aussi peu de formes dans leurs jugements scolastiques, et qui seraient bien à plaindre, si on les obligeait à en produire des titres de dispense aussi valables que je viens de rapporter. Ce n'est pourtant point pour les en blâmer, que je fais cette observation : je reconnais au contraire qu'ils ne font rien en tout cela qui ne soit parfaitement dans les règles. Assis sur un trône magistral, qui les rend entièrement despotiques, les Pédants, soit Jésuites ou non Jésuites, ne doivent être astreints à aucune espèce de formalités : ils doivent jouir d'autant d'arbitraire dans la distribution des faveurs, mais surtout des châtiments, que les intendants de province dans la

---

(1) *Compend. privilag. V° Correctio* § 1, vol. I, p. 289.

répartition des tailles, et régner sur leur petit
peuple avec une autorité dont on ne voit point
d'exemple dans aucune cour de l'Europe. Ils
doivent, s'ils sont Jésuites, exercer dans leur
classe l'empire le plus absolu, dans la vue de
se dédommager de la servitude ou de l'esclavage auquel ils sont eux-mêmes assujettis dans
leurs cloîtres.

On ne doit pas me demander après cela si
j'étais jaloux de l'autorité de ma place. Je
poussais si loin le despotisme qu'en général je
n'avais pas besoin de raisons pour condam-
ner mes écoliers au dernier supplice. Je faisais
une querelle d'Allemand à ceux que j'y avais
destinés avant même d'entrer en classe ; et si
en cherchant des coupables, je n'étais pas toujours certain d'en trouver, j'étais du moins
très assuré de ne jamais manquer de prétextes
et de victimes. Comme j'avais alors ouï dire,
que les fables nous apprennent à vivre, je tâchais de faire mon profit de celles de Phèdre,

que je faisais expliquer à mes Quatrièmes.
Je méditais souvent sur celle du loup et de
l'agneau, non pas parce qu'elle est la première, mais parce qu'étant adressée à ceux *qui fèc-
tis cautis innocentes opprimunt,* elle me semblait faite pour mon instruction particulière, et
j'y trouvais une règle de conduite qui était
fort de mon goût, c'est-à-dire que j'y voyais
avec plaisir et avec fruit un excellent modèle de
la façon dont je devais à peu près m'y prendre pour sacrifier à ma passion ou à mes capri-
ces, des mirmidons ou des grimauds qui ne
m'avaient jamais rien fait.

Mais si quelque chose a bien suivi le grand
goût que j'avais pour l'*Orbilianisme,* c'est surtout le ministère d'un correcteur à mes ordres,
et que j'avais, pour ainsi dire, toujours sous la
main. Si nous étions réduits en France, comme en Flandre, à fouetter nous-mêmes nos
écoliers, nous aurions toujours, il est vrai, le
même droit de les bien étriller, et peut-être

que les coups de fouet qu'ils recevraient, partant de nos mains, nous feraient encore plus de plaisir (toutes choses égales d'ailleurs) qu'en les leur faisant donner par celles d'un correcteur. Mais d'un autre côté, nous n'aurions jamais le plaisir, ni de les bien *excorier*, ni de le faire à notre aise. Les grands écoliers, par exemple, ne voudraient pas toujours se soumettre à la correction, parce qu'ils se croiraient assez forts pour résister à un Régent qui ne serait aidé de personne, et suivant les apparences, Delpuech, Dussol, Garrigues Major et autres de mes écoliers qui étaient, à très peu de chose près, aussi grands et aussi âgés que moi, seraient sortis de la Quatrième avec l'honneur de leur culotte, si je n'avais pas eu un exécuteur de mes sentences. Et pour ce qui est des petits écoliers, ceux de dix, douze ou treize ans, je crois bien que si j'avais été obligé de les fouetter moi-même, ils n'auraient pas osé me résister ; mais dès les premiers

coups que je leur aurais donnés, la douleur,
malgré leur soumission, les aurait portés à
garantir leur derrière, et ils y auraient réussi,
du moins en partie puisqu'ayant les bras libres
ils les auraient exposés pour le salut du fes-
sier qu'ils auraient préservé de la fureur
de la grêle, soit par l'imposition de leurs
mains, soit en le recouvrant de la culotte, de la chemise ou de l'habit. Il est vrai
que cette espèce de désobéissance de leur part,
bien loin de me faire lâcher prise, n'aurait
servi qu'à ranimer ma fureur ; mais cependant
de tous les coups de fouet que je leur aurais
donnés, il n'y en aurait pas eu le demi-quart
d'appliqués à ma fantaisie ; presqu'aucun
n'aurait porté sur l'endroit précisément *quem
vult manus et mens,* car c'est surtout ici
qu'Horace aurait bien eu raison de nous avertir qu'on n'attrapait pas toujours le but. Je
me serais consumé en vains efforts et bientôt
la lassitude m'aurait mis, malgré moi-même,

hors de combat. On a beau dire que *les Jésui-*
tes ont les bras longs, ce proverbe ne peut
s'entendre que dans le sens figuré, et dans ce
sens, il n'en est aucun qui nous puisse mieux
convenir. Car avec les sommes immenses que
nous avons gagnées au commerce, ou que
nous avons pieusement escroquées de tant de
bonnes veuves et autres idiots, que nous ne
cultivons soigneusement que parce qu'ils
étaient riches, que n'avons-nous pas été en état
d'entreprendre ? Nous avons pu, par nos
écus, aveugler et corrompre des gens en place
et tout tenter à l'ombre de leur crédit (1). Par
notre argent nous avons pu faire périr dans
les fers ou dans l'exil des milliers de prêtres,
empoisonner plusieurs évêques, et maîtriser
presque l'Eglise entière. Par notre argent nous
avons pu faire assassiner tant de rois ; faire
non seulement attaquer, mais même trembler

---

(1) *Const.* 9, *cap.* 4 in *Declar. D.*, p. 440.

Henri IV, le plus courageux des Français, et plonger le même poignard, il n'y a que quelques années, dans le sein de..... Il est vrai que nos dévôts nous contestent la gloire de ces hauts faits et s'opiniâtrent à soutenir, malgré l'évidence, que nous n'y avons eu aucune part, pas même indirectement ; mais je laisse à tous les parlements, excepté à celui de Douai, et à une partie de celui de Besançon, le soin de les détromper, et je reviens à mon sujet.

Il est visible qu'à tout Régent obligé de donner lui-même le fouet, il ne lui sert de rien d'être d'une Compagnie qui a *les bras longs*. Tout ce qu'il doit souhaiter dans cette circonstance, c'est de les avoir forts et nerveux, et c'est un avantage que nous n'avons pas au-dessus des hommes ordinaires. Nous pouvons peut-être l'avoir au-dessus de quelques moines qui s'époumonnent à chanter dans leur chœur les offices divins, dont nous sommes entièrement dispensés jusqu'à une certaine époque,

et qu'alors même nous ne récitons jamais
qu'en particulier et à voix basse; qui se mor-
tifient par des austérités et des pénitences,
pour lesquelles il ne nous est jamais venu dans
l'esprit de vouloir leur disputer le pas; qui
s'exténuent et se consument par des abstinen-
ces et des jeûnes, dont leur règle leur fait un
devoir, et dont la nôtre nous dispense (1). Mais
de prétendre que notre robe, qui vaut d'ailleurs un cordon bleu à tant d'égards, ne nous
laisse pas parfaitement de niveau avec le reste
des mortels, quant à la force des muscles, ce
serait vouloir chicaner l'évidence, et c'est ce
que nous ne savons pas faire pour des objets
de cette nature.

Quel inconvénient n'y aurait-il donc pas,
disons-le encore une fois, que les Jésuites fes-
sassent eux-mêmes ? Ils n'ont jamais que deux
mains comme les autres hommes : celle qui
est armée du martinet ne peut guère servir

(1) *Epist. S. Ignatii de virt, obed.*, § 3.

dans ces exécutions, qu'à faire agir cet instrument et l'autre ne peut suffire à tenir à la fois
l'écolier immobile, son habit de côté, sa chemise retroussée, sa culotte rabaissée, etc. Quelque envie de bien faire que puisse avoir un Régent dans le temps qu'il fouette, elle est bientôt rendue inutile par tant d'obstacles, qui de-
viennent pour lui d'autant plus vite insurmon-
tables, que la colère lui ôte tout de suite les
forces dont il aurait besoin pour cette exécution, car tout le monde sait que plus on est furieux, et moins on a de forces.

Qu'on ne me dise pas que, n'ayant point de
correcteur, nous pourrions appeler quelqu'un
de nos confrères pour nous aider à fouetter à
plaisir nos écoliers. Le Régent, que nous prie-
rions de nous prêter main-forte, n'aurait pas
toujours le temps de venir tout de suite ; notre
rage pourrait se ralentir ; les coups donnés
sans colère n'auraient pas pour nous les mêmes attraits ; l'écolier ou les écoliers à fesser

pourraient se trouver de la connaissance de l'adjudant; il intercéderait peut-être pour eux. Enfin, ce secours que nous nous ferions donner, ferait toujours un éclat que, tout Jésuites que nous sommes, nous devons tâcher d'éviter.

Mais quand on a un correcteur à ses ordres, tous ces obstacles disparaissent, toutes ces craintes s'évanouissent. Avais-je résolu la flagellation de quelqu'un, je n'avais qu'à parler d'envoyer chercher le correcteur, et aussitôt la moitié de mes écoliers se levaient de leur place, et me faisaient signe du chapeau, pour demander à être chargés de cette commission. Celui à qui je la donnais, s'en tenait fort honoré; il ne marchait pas, il volait pour aller en seconde avertir le ministre de mes plaisirs et de mes vengeances; et dans la minute, je voyais revenir cet écolier, accompagné du charmant Douat, dont la vue me causait autant de joie qu'elle inspirait de terreur à la plupart de mes disciples. Cet exécuteur, en entrant dans ma classe, n'oubliait jamais d'en fermer la porte ; car pour certaines raisons, ces exécutions doivent se faire à huis clos, aussi bien que quelques exercices de nos Congrégations : il allait ensuite, sans qu'il fût besoin de le lui dire, prendre la forte chaise à bras qui était au-dessus de ma chaire et qui servait d'échafaud, et il la transportait au coin ordinaire des supplices. J'y faisais asseoir un de mes plus grands et de mes plus trapus écoliers qui me prouvait toujours par la promptitude de son obéissance, l'envie qu'il avait de concourir à mes plaisirs. On ne saurait croire combien cet appareil en imposait au patient. A peine l'avais-je nommé qu'il venait de lui-même, et presque sans répugnances, se mettre derrière cette chaise et tendre ses mains au teneur. Dès ce moment, il lui était totalement impossible de faire. avec succès la moindre résistance ; il était comme dans les ceps ; il ne pouvait ni avancer ni reculer ; ses bras ou ses mains

10

étaient pour ainsi dire clouées dans celles de
son gros confrère; ses jambes et ses pieds
étaient comme emmaillotés dans sa culotte,
que Douat lui faisait descendre jusqu'à terre;
et tout son derrière étant découvert depuis les
jarrets jusqu'au dessus des reins, il n'y avait
pas de danger qu'aucun des coups du correcteur tombât à faux. Il n'avait donc alors que
la bouche et les yeux de libres, et tout ce qu'il
pouvait faire, c'était de ne point interrompre
ses pleurs, ses excuses, ses promesses, et de
tourner le plus souvent les yeux comme une
chèvre qui se meurt, ou les rouler quelquefois
en furieux, comme la Sibyle de Cumes, quand
elle était sur son trépied. *Mais tout cela ne
me touchait guère* : ses protestations et ses
grimaces ne servaient qu'à me faire rire, ses
cris n'étaient propres qu'à m'irriter et le correcteur allait toujours son train. J'avais même
soin de l'animer d'un moment à l'autre et je
ne le faisais finir que lorsque ma passion ou

ma vengeance était assouvie ou que je crai-
gnais que l'écolier commençât à se trouver
mal. Après celui-là, j'en faisais passer un autre, car Douat ne venait guère dans ma classe
que pour en fouetter une demi-douzaine de
suite, mais ils étaient tous aussi dociles, aussi
soumis que celui qui avait ouvert la danse.

Je ne dois pas cependant dissimuler que
quelquefois, mais très rarement, quelques-uns
de mes grands écoliers semblaient faire quelque effort pour dégager leurs mains pendant
le temps qu'on les fouettait : il y a grande
apparence qu'ils n'auraient pas pu y réussir,
puisque pour tenir soit grands soit petits, je
n'employais jamais que le gros Meissonnier,
ou le large Pelaprat, ou le robuste Terrieux.
Cependant, pour plus grande sûreté, quand je
voyais cette espèce de résistance, je courais
au secours du teneur et de mes deux mains je
saisissais le fouetté au collet. Il aurait bien été
un diable, s'il avait pu résister à tant de forces

réunies contre lui ! Et pour que son indocilité
ne fût pas d'un pernicieux exemple, on doit
bien s'imaginer que je ne me contentais pas
de le faire fesser à l'ordinaire, quoique cet ordinaire fût toujours et bien long et bien fort.

Voilà sans doute de grands biens et de char-
mants passe-temps que le correcteur nous procure. Par lui, nous avons le plaisir de faire
souffrir nos écoliers aussi souvent et aussi
longtemps qu'il nous plaît, sans qu'il nous en
coûte ni fatigue ni peine ; c'est lui qui est cause
qu'aucun d'eux n'ose jamais nous résister,
c'est par rapport à lui qu'un seul de nos re-
gards suffit pour les faire tous trembler et presque les anéantir. Enfin, c'est lui qui fait qu'en
enseignant, nous ne trouvons que des roses,
où tout Régent, obligé de fesser par lui-même,
ne trouve quelquefois que des épines.

Aussi je ne puis me lasser d'admirer la sagesse profonde de celle de nos constitutions

qui nous donne un correcteur (1). O loi sainte,
loi digne de tous nos respects et de toute notre
reconnaissance! Attentive à tous nos besoins,
vous n'avez pas dédaigné d'entrer pour nous
dans les plus petits détails : vous vous êtes
abaissé jusqu'à nous apprendre quand et comment il fallait fesser. La nécessité d'un correcteur ne vous a surtout pas échappé, et en conséquence, vous nous avez permis d'en prendre
un dans *la Société des Externes*. Mais que dis-
je? non seulement vous nous l'avez permis,
vous nous en avez même fait un devoir. Nous
ne pouvons mieux vous marquer notre reconnaissance à ce sujet, ni mieux entrer dans vos
vues, qu'en faisant bien travailler cet exécuteur de la justice scolastique, et nous vous pro-
testons que surtout à Rhodès, où l'expérience
nous a fait voir que nous n'avions rien à crain-

---

(1) Merc. Jés. p. 422, art. intit. : Extrait des
Constitutions de la Société, imprimé à Rome en
1583.

dre de ses exécutions, nous lui en ferons faire des plus réitérées et des plus cruelles.

Mais quelle réflexion vient modérer les transports de joie et de reconnaissance que cette constitution m'inspire ! Ces meilleures règles, celles dont l'établissement est le plus utile, éprouvent quelquefois des contradictions. En Flandre, le croira-t-on, ce pays où nous sommes d'ailleurs si puissants, oui en Flandre, on n'a jamais voulu nous y souffrir un correcteur. Nos Pères y sont réduits à la fatale alternative ou de laisser leurs écoliers impunis, ou de les fesser eux-mêmes. O régents flamands ! ô mes chers confrères ! que je plains votre sort ! Qu'il doit vous paraître ennuyeux d'enseigner ! Vous êtes donc privés des avantages et des plaisirs qu'un Douat vous procurerait ! Vous n'avez donc rien dans vos classes qui vous distingue de ces vils Oratoriens, de ces chétifs Pères de la doctrine, de ces petits Prestolets qui se mêlent de régenter ! Mais

consolez-vous, vous avez du moins la satisfaction de penser que, malgré les défenses de
cette sainte loi, vous pouvez fesser sans pé-
cher, parce que, dans la pratique, nous ne
sommes obligés, même sous peine de péché
véniel, à aucun des points contenus dans nos
Constitutions, à moins qu'il ne nous soit spécialement prescrit, en vertu de la sainte obéissance, par le Supérieur qui a droit de juger
de ce qui convient aux occasions et aux personnes (1). Consolez-vous, je vous le répète,
surtout dans l'espérance que cette privation
de correcteur aura enfin son terme, car nos
constitutions regardent tous les pays ; elles ne
sont pas faites pour demeurer dans quelques-
uns sans effet. La science principale, c'est de
savoir céder aux circonstances : si notre Père
Général n'a pas encore jugé à propos d'armer
tout son crédit, ou de se nommer des juges-

(1) *Constit. part.*, 6, t. I, p. 414.

conservateurs pour obliger les Flamands à laisser fesser leurs enfants par un correcteur, s'il
n'a pas non plus jugé à propos de tout brouil-
ler et renverser en France, pour y faire valoir
tous les privilèges accordés à notre Institut,
même ceux qui sont les plus contraires aux
puissances temporelle et spirituelle, aux Ordinaires, aux pasteurs du second ordre, aux
universités, etc., c'est qu'il a jugé que le moment n'en était pas encore venu. Cette cessa-
tion ou ce non-usage n'a porté en attendant et
ne portera jamais aucune atteinte à nos droits
et à nos privilèges ; ils doivent au contraire
rester toujours pleins de vigueur, et j'en vois
clairement l'assurance dans notre Compendium (1). Il n'est pas possible, je l'avoue
de déterminer au juste jusqu'à quelle époque
nous devons continuer d'avoir tant de patience
et de modération : mais enfin, il viendra un

(1) *Compendium,* p. 236.

temps (et les circonstances actuelles pourraient bien en être les avant-coureurs), il viendra un temps où nous n'aurons plus de ménagements à garder, où nous abîmerons tout, s'il le faut, plutôt que de céder, et où nous jouirons, tant en Flandre qu'en France, en Portugal et ailleurs, de tous nos droits et de tous nos privilèges, et surtout de celui d'avoir partout un correcteur ou fouetteur : car enfin, il faut bien que tôt ou tard toute la terre plie sous les lois de notre société.

Je ne sais ce qu'on pensera de cette presopopée. Je sens bien que l'interprétation des motifs qui déterminaient si souvent le Père Pradines à faire écorcher ses écoliers y paraîtra, entre autres choses, fort singulière : mais quoique les motifs et les intentions ne soient pas du ressort des jugements humains, il n'est guère possible de lui prêter d'autres vues dans le grand nombre de coups de fouet qu'il leur faisait donner. Car, encore un coup, quelque terrible que fussent ses flagellations, sans exception d'aucune, quelqu'injustes qu'elles fussent presque toujours, il ne paraît pas que l'on doive les lui imputer toutes à cruauté ou à brutalité : il n'avait pas l'air foncièrement méchant ; il riait même toujours avec ses écoliers ; il ne leur disait jamais aucune parole grossière ou brutale, et dans le temps même de ses plus cruelles exécutions, il avait sur son visage je ne sais quoi de gai et d'enjoué. D'ailleurs, il pouvait réellement s'imaginer que les fesses étant la partie la plus charnue, il n'y avait pas grand danger à faire dauber dessus. Je dis tout ceci sans ironie, et si le Père Pradines est encore en vie, j'espère que si dans un sens il est fâché contre moi de ce que je rapporte si sincèrement ce qui se passait dans sa classe, du moins il me saura intérieurement quelque gré d'interpréter si favorablement le plaisir extrême qu'il prenait à faire très bien fouetter, et presque toujours sans raison.

Mais pour ce qui est dit du Père Sal..., je
croirais lui faire trop de grâce de porter un
jugement si modéré sur le plaisir qu'il trouvait, peut-être encore plus que le Père Pradines, dans toutes ces flagellations. Ce plaisir
du Père Sal... ne partait que d'un fonds iné-
puisable de cruauté et de barbarie : il savou-
rait les pleurs de ses écoliers ; il les estropiait,
pour ainsi dire, par des férules sans nombre,
et sa classe était, en un mot une vraie cour
de Phalaris. Les exécutions qu'il a fait faire
au bourreau sont peut-être aussi nombreuses
que celles dont se vantait le duc d'Albe.

En troisième, le Régent nommé Deslinières
faisait fouetter presque aussi souvent et aussi
cruellement que les Pères Pradines et Sal...
Parmi tant d'écoliers qui pourraient nous en
dire des nouvelles, il faudrait surtout s'adresser aux deux fils du nommé Sévigné, pâtissier,
demeurant rue de Lambergue, droite. Je ne
crois pas qu'il y ait eu beaucoup de jours de

cette année où leurs fesses n'aient témoigné
par écrit l'attention presque continuelle que ce
bon Père avait de les leur faire visiter par
Douat. Car à Rhodez, chez les Jésuites, on
ne travaille guère sur ces deux globes, sans y
bien graver, mais confusément et sans ordre,
encore plus de cercles qu'il n'y en a à la Sphè-
re Armillaire, ou pour parler sans figures, on
fait alors toujours en sorte que la plus vive
couleur des roses y brille pendant quelques
jours de suite, au milieu de l'éclatante blan-
cheur des lys.

En seconde, on faisait aussi fouetter assez
souvent, je m'en souviens assez bien, mais
cela est si vieux que je n'ai plus de noms à
citer. Le Régent avait le correcteur dans sa
classe : grande commodité! Les autres Régents lui enviaient peut-être ce bonheur, quoiqu'ils eussent la facilité, ainsi que nous l'avons
déjà vu, de le faire venir dans la leur aussi

souvent et aussi promptement qu'ils le souhaitaient.

En rhétorique, on fouettait encore. Eimar entre autres et Dablan pourraient très bien nous l'attester pour cette année-là. Je ne sais si ce dernier était souvent fouetté dans cette classe, mais il l'y fut un jour très bien pour avoir fait une légère égratignure à un de ces camarades. Ce fut à ce propos que le Père Préfet composa cette belle pointe : *ab unguibus Dablan omnes caveant.*

La rhétorique est une classe qui, suivant les notions les plus communes et les plus simples, devrait partout mettre ses écoliers à l'abri des verges, mais à Rhodès et peut-être aussi dans plusieurs autres de leurs Collèges, les Jésuites sont autant ennemis des franchises et libertés de cette classe que de celles de l'Eglise gallicane. Et qu'on ne croie pas que Dablan et Eimar soient les seuls rhétoriciens qui tâtèrent du correcteur pendant que j'étais à Rhodès ; il

y en eut bien d'autres que je n'ai jamais sus,
et bien d'autres dont j'ai oublié les noms.
Qu'on ne croie pas non plus que ce n'ait été
qu'alors qu'on a vu en rhétorique de semblables exécutions. Je crois qu'en tout temps ç'a
toujours été de même, car les Rouergais ont
toujours été assez simples pour se laisser humi-
lier jusqu'à ce point là. L'année d'auparavant
(1734), le Père Bondetty, qui professait la
rhétorique dans ce Collège, n'avait pas encore
perdu son goût pour l'orbilianisme. Ce qui me
le fit apprendre, ou plutôt ce qui m'en a fait
souvenir jusqu'à présent, c'est une espèce de
parodie du *Stabat,* peut-être aussi impie que
sotte, que j'entendais quelquefois chanter à
différents écoliers. Ce Père Bondetty fit un
jour si bien flageller l'abbé Rosier, son écolier
(qui, par parenthèses avait deux frères en quatrième, Ignace et Joseph, de temps en temps
bien étrillés) et les complaintes de ce pauvre
souffreteux étaient si touchantes pendant le

temps de son supplice, ou peut-être si ridicules et si bêtes que les écoliers de rhétorique
jugèrent à propos de chanter ses souffrances,
et de les chanter sur le même ton de celles de
la mère du Sauveur. Quelle impiété, si la
bêtise et la grossièreté, si naturelles aux habi-
tants de ce pays, n'y avaient pas eu plus de
part que l'irréligion ! Ils parodièrent donc à
ce sujet tout le *Stabat,* mais je ne me souviens
plus que de ces deux couplets :

> Quis est ille qui non fleret
> Correctorem si videret,
> Levantem lou Camisou
> De l'Abdadou Rosiérou ?

> Quis posset non contristari,
> Correctorem contemplari,
> Levantem lou Camisou
> De l'Abdadou Rosiérou ? (1)

Pour finir ce que j'ai cru devoir dire des

---

(1) Lou Camisou, terme rouergais, veut dire
la chemise ; les diminutifs sont fort usités dans ce
jargon ; l'Abdadou et Rosiérou en sont deux qui
signifient le jeune abbé Rosier.

flagellations du collège de Rhodès, il ne me
reste qu'à rapporter un mot de celles du Père
Préfet. Les écoliers sont tenus de s'assembler
chacun dans leur classe une demi-heure avant
l'arrivée du Régent. C'est pendant cette demi-
heure que le Père Préfet a une inspection spé-
ciale sur eux, et c'est aussi pendant cette demi-
heure qu'il fait bien travailler le correcteur,
tantôt dans une classe, et tantôt dans une autre. Il en fait aussi quelque fois étriller quelques-uns pendant le temps des classes, mais
alors l'exécution se fait ordinairement dans la
Préfecture, qui est une espèce de chambre ou
de salle à lui appartenant dans la même cour
des classes. Dans ce cas, il y fait venir le bourreau et le criminel, et là il fait battre le martinet de l'un contre les fesses de l'autre, tant
que le cœur lui en dit. Je ne sais pas s'il a
aussi la précaution d'y faire venir un teneur,
ou si c'est lui-même qui tient. Mais pour ce
qui est de l'échafaud, il y en a toujours un à

demeure dans la préfecture qui y sert à deux usages : au délassement de sa Révérence et à la gêne des fustigandaires.

Ces flagellations du Père Préfet m'ont toujours paru, à vrai dire, très cruelles et fort souvent très injustes. Cependant, il me semble qu'elles l'étaient moins que celles des Régents : cela peut venir de ce que les unes font l'effet de la passion d'un Jésuite déjà âgé, au lieu que les autres se sentent de la fougue et de la folie de la jeunesse de ceux qui les font faire. Or, il est notoire que chez les Jésuites, tous les Régents sont de jeunes étourdis qui, à coup sûr, mériteraient très souvent d'être à la place de ceux qu'ils font si bien *excorier*. Si à l'âge de trente et quelques années saint Ignace fut fessé dans cette ville au Collège de Ste-Barbe, pourquoi ne le seraient-ils pas, eux qui sont bien moins âgés, puisqu'ils n'ont que 18, 20, 22 ou tout au plus 25 ans ? D'ailleurs, sans parler de leurs autres fautes, combien de fois

11

n'ont-ils pas mérité de l'être, suivant la loi du talion ? Quoique je ne sois pas un grand spéculateur, il me semble que si on avait de temps en temps le soin d'étriller un peu comme il faut ces jeunes Régents, il en pourrait résulter un grand bien ; c'est que les cloches que le martinet ferait sur leur derrière, les porteraient peut-être à avoir un peu plus de pitié de celui de leurs écoliers.

Je dois cependant ici rendre aux Jésuites la justice qui leur est due, de n'avoir pas été dans la plupart de leurs Collèges des *orbilianistes* si outrés. Ce n'est guère que dans leur province de Toulouse et principalement à Rhodès et aux environs, qu'ils ont été si cruels ; et quand on n'aurait pas ici des témoignages de l'expérience ou de leur conduite en ce point, leur politique nous dit assez que dans tous les pays où ils se sont établis, ils n'ont pas dû y élever dans les classes un front également impérieux et tyrannique.

Ils ont admis dans ces cruautés scolastiques, tout comme dans leurs privilèges et leur doctrine, la considération des temps, des lieux, des choses et des personnes. Je m'explique.

A l'égard de leurs privilèges, on sait que quelqu'attachés qu'ils y soient, ils n'ont osé en faire usage, du moins bien ouvertement, que dans les pays où ils n'y trouvaient pas d'obstacles. A l'égard de leur doctrine, quoiqu'ils suivent tous la même, celle que la Société a choisie comme la meilleure et la plus convenable aux *nôtres* (1); on sait cependant qu'ils ont quelquefois parlé différemment les uns des autres, ou qu'ils ont eu, en certains points, la bonté de varier leur langage, de l'accommoder au pays où ils étaient, de l'assortir aux personnes avec qui ils avaient à vivre (2).

Tout ceci peut s'appliquer à l'orbilianisme

(1) Const. p. 8, C. 1. K.
(2) Congr. 5. Decr. 41, n° 4, p. 553. — Coust. ch. I, § 18, p. 372.

des Jésuites. Leur but unique, leur fin dernière, c'est la grandeur et l'empire de la Société; but auquel ils n'ont jamais cru pouvoir
parvenir plus aisément, ou s'y maintenir plus
sûrement, qu'en inspirant la terreur et la
crainte. Or, pour nous renfermer ici, dans ce
qui concerne l'intérieur des classes, l'orbilianisme était, sans contredit, la voie la plus courte et la plus sûre pour apprendre aux écoliers
à trembler et les tenir en servitude. Mais cette
voie violente, les Jésuites l'ont plus ou moins
employée, suivant les sentiments que le public
avait pour eux dans les différents pays où ils
enseignaient. Ainsi dans les villes où ils sa-
vaient qu'ils n'étaient ni craints ni aimés, et
qu'on avait les yeux ouverts sur leur conduite,
leurs Régents ont été assez modérés : ils ont
été un peu moins doux dans celles où ils
étaient craints sans être aimés; mais dans les
Collèges des villes où l'on avait la faiblesse de
les craindre et de les aimer, ils se sont attri-

bués une autorité sans bornes, et y ont donné
un libre cours à leurs cruautés naturelles ou
politiques.

Je l'ai déjà dit, les motifs et les intentions
ne sont pas du ressort des jugements humains.
Je ne puis donc donner que pour des conjectures, ce que je viens de dire ici de la politique
des Jésuites, relativement à leur orbilianisme.
Mais ces conjectures peuvent-elles être mieux
fondées, si l'on réfléchit d'une part, sur l'obligation où sont les Jésuites par leurs lois mêmes, de tout subordonner aux circonstances
des lieux, des temps et des choses ; et qu'on
se rappelle, de l'autre, qu'à Rhodès et aux
environs, pays d'ignorance où ces Pères étaient
assez généralement aimés, et où ils faisaient
tout trembler, ils n'ont jamais cessé de gouver-
ner leurs écoliers avec une verge de fer : au
lieu qu'à Paris et dans plusieurs autres villes
où l'on voit clair et où l'on a toujours pris
les Jésuites à peu près pour ce qu'ils étaient,

on n'y a que très peu de cruautés scolastiques
à leur reprocher, leur Régent n'y ayant jamais été guère plus méchant que les autres
Régents non jésuites.

Je ne pousserai pas plus loin mes conjectures au sujet de cette grande différence que les
Jésuites mettent d'une de leurs provinces à une
autre, dans la manière de châtier leurs disciples ; je regarderais même comme frivole une
recherche plus longue ; mais toujours il est
aussi constant que singulier que les Jésuites
de la province de Toulouse punissent leurs
écoliers d'une façon très différente de celle qui
est en usage parmi les autres Jésuites du
royaume. Je connais beaucoup de leurs collè-
gues de leurs quatre autres provinces, de Lyon,
de Guyenne, de Champagne, et de France ;
mais je n'en connais aucun où les Régents
soient aussi méchants que dans ceux dont j'ai
parlé, il s'en faut du tout au tout. Je n'en sache non plus aucun où l'on se serve d'échafaud

et de teneur. Cette différence ne surprendrait peut-être pas dans tout autre corps, parce qu'après tout, elle est en matière peu grave, mais elle a de quoi étonner dans une Société telle que les Jésuites qui peuvent, avec vérité, nous dire presqu'en tout point, comme ils le font sur le régicide par la bouche de Suarez, qu'ils pensent et agissent tous de la même manière, *nos omnes qui in hac causâ unum sumus.*

Que les Jésuites cessent donc de tant nous vanter leur grande uniformité dans leurs sentiments, dans leur doctrine, dans leur conduite (1). Il est vrai qu'elle n'est que trop réelle dans certains points, et les plaies profondes qu'ils ont faites par là à l'Eglise et à l'Etat en seront encore pendant longtemps une preuve bien frappante, mais du moins elle est bien chimérique, cette uniformité, dans leur façon de corriger leurs écoliers. Dans

(1) *Imag. prim. saec. Soc. Jesu.* Proleg. p. 33.

quelques-uns de leurs collèges, ces Pères sont
plus doux que des moutons ; dans d'autres ils
sont de vrais tigres. A Paris, et peut-être dans
quelques autres de leurs Collèges, on y fouette
avec des verges ; partout ailleurs, c'est avec
un très bon martinet. Ce martinet n'est pas fait
partout de la même matière : ici il est de
ficelle, là de parchemin, ailleurs de peaux
d'anguilles, de cordes de basse, etc. Je ne
voudrais même pas jurer que Douat n'en ai
eu quelquefois de chaînettes de fer. Dans quelques villes, ils ont un échafaud et un teneur ;
dans les autres, ils s'en passent. Ce teneur
ne tient à Clermont en Auvergne que les pans
de l'habit de l'écolier ; à Rhodès, Mauriac et
Saint-Flour, il lui tient au contraire les mains.
La qualité du correcteur varie aussi ; dans tel
Collège, il est logé, nourri, vêtu, chaussé, blan-
chi et éclairé ; dans tel autre, il n'est que payé
à tant par mois, ou à tant par fessée. Ici le
correcteur est un écolier, ailleurs c'est un por-

tier, un jardinier, un cuistre, un savetier. Pendant le temps de l'exécution, tantôt le Régent se promène dans la classe, tantôt il se tient immobile dans sa chaire, tantôt il vient aider au teneur; à Strasbourg, au contraire (suivant ce que je viens d'apprendre à la minute et que je n'ose encore donner pour bien certain), il se tient à genoux et se couvre le visage de son bonnet tricornin.

Enfin, au sujet de ces exécutions, je ne vois rien d'uniforme parmi eux qu'un seul point, qui est, qu'excepté en Flandre, les Régents ne fouettent pas eux-mêmes et que leur correcteur n'est jamais jésuite : en quoi ils suivent bien exactement la constitution que le Père Pradines nous a déjà citée : *corrector (qui de Societate non sit) constituatur.*

Mais un paradoxe politique que cette constitution fait naître, et qu'il est difficile, peut-être même impossible d'expliquer, c'est qu'elle a toujours révolté en Flandre les magistrats et

les peuples ; de sorte que quoique ce pays soit
entièrement vendu aux Jésuites, ces Pères
n'ont jamais pu y avoir des correcteurs ; tandis
que dans les autres provinces du royaume,
même dans celles où la Société n'était point
du tout aimée, on n'a seulement pas daigné
s'informer si les enfants dans les Collèges
étaient bien ou mal fouettés, ni par quelle espèce d'hommes ils l'étaient. S'il n'est pas
absolument impossible d'éclaircir ce paradoxe,
je crois du moins qu'on ne peut guère l'expliquer que par l'esprit de singularité et de bizar-
rerie qu'on a reproché plus d'une fois aux
Flamands. Dans le temps que les correcteurs
des Jésuites étaient reçus ou soufferts dans
toutes nos provinces, on n'en voulait point en
Flandre ; aujourd'hui que la Société est sur le
point d'être dissoute dans tout le royaume, il
paraît qu'on s'opiniâtre dans cette même province de Flandre à vouloir la retenir. Cependant, comme il est assez rare que la raison se

trouve toujours du même côté, il pourrait fort bien se faire que les Flamands n'eurent tort que dans l'une ou l'autre de ces singularités.

Un pays encore assez semblable au Rouergue, quant à la grossièreté, mais surtout quant à la faiblesse qu'on y avait de craindre les Jésuites, et peut-être aussi de les aimer, c'est la haute Auvergne. On peut donc tirer cette conséquence, si on a admis ma conjecture sur la politique des Jésuites dans l'usage de leur orbilianisme, qu'à leurs Collèges de Saint-Flour et de Mauriac, les écoliers y ont été très souvent et très cruellement étrillés. Je m'en rapporte sur cela à ceux qui y ont fait leurs études. Du moins, (et c'est un grand préjugé pour leurs cruautés), je sais bien que dans ces deux Collèges qui étaient de la province de Toulouse, ç'a toujours été comme à celui de Rhodès, même correcteur, même teneur, même échafaud. Le hasard m'a même fait apprendre un trait de ces deux Collèges, qui ne prouve pas mal, ce me semble, que les Régents y ressemblent assez à ceux de Rhodès. Je vais les rapporter, ces deux traits, car ils peuvent servir l'un et l'autre à l'instruction et à l'édification du lecteur.

Dans le temps que le sieur Gazard, aujourd'hui notaire à Saint-Marry dans la haute Auvergne, faisait ses classes à Saint-Flour, il eut le malheur de tomber dans une faute très grave aux yeux du Régent, et très légère aux yeux de tout autre, ou peut-être chimérique, car celui qui m'en a parlé n'a pu m'en apprendre la qualité ni l'espèce; il ne s'est ressouvenu que de la punition dont elle fut suivie. Pour première expiation, le sieur Gazard fut très bien fouetté le jour même du délit; le lendemain, il le fut aussi, le surlendemain de même. Enfin, pendant huit ou dix jours, il fut toujours régalé du même déjeuner : il y a apparence que cela aurait duré encore, car le Régent semblait y prendre beaucoup de goût;

mais la demoiselle Gazard, aujourd'hui mariée au sieur Devèze, hôte à Massiac, même diocèse, étant venue au marché à Saint-Flour, son frère ne manqua pas de lui rendre compte des cruautés inouïes que son Régent exerçait chaque matin sur son derrière, dont il était si las, ajouta-t-il, qu'il avait bien juré de ne plus retourner en classe, qu'il n'eût préalablement la parole de ce Jésuite, qu'il ne serait plus fessé, du moins pour la même faute. Cette demoiselle, qui craignait également pour son frère, et la continuation de la fesserie, et sa désertion du Collège, conçut le dessein d'aller intercéder pour lui, dessein plein de tendresse mais peut-être aussi de folie, car elle pouvait bien savoir que dans un pays comme celui-là, les Jésuites n'écoutaient guère les supplications qu'on leur faisait pour les fesses. Cependant, comme elle était jeune et peut-être assez drôlette, elle eut assez de bonheur pour trouver grâce aux yeux du Régent pour les fesses de son frère.

Je ne vois pas trop comment ces Pères interprètent les règles du théâtre. C'en est une des plus inviolables que l'action principale de toute pièce se soit passée au moins en vingt-quatre heures de temps, et cependant nous venons de voir que dans celle dont le sieur Gazard était le héros, la seule catastrophe a duré plusieurs fois vingt-quatre heures. Voudraient-ils, ces Pères, prendre autant de licence que les autres comédiens du pays, d'où la Société des Ignatiens nous est venue? Je me souviens bien d'avoir vu jouer de pareilles pièces dans le Collège de Rhodès, c'est-à-dire d'y avoir vu écorcher plusieurs jours de suite, les mêmes fesses pour la même faute; mais je ne me souviens plus du nom de celui ou de ceux à qui ces fesses appartenaient.

Ce n'est pas seulement dans la morale que les Jésuites ont fait des innovations : il semble qu'on leur est aussi redevable de quelques inventions ou nouveautés dans l'art de fesser ; de celles par exemple de la chaise ou fauteuil, et des poses. Il est vrai qu'on ne peut pas prouver directement, par aucun monument public, qu'ils sont les premiers à qui ces sublimes idées se sont présentées : mais comme on ne peut pas non plus prouver le contraire, qu'ils ont d'ailleurs en tout temps cherché à donner du neuf, ou à raffiner sur toutes choses, et que l'usage de ce fauteuil et de ces poses est plus connue dans leurs classes que partout ailleurs, il paraît qu'on ne peut guère, sans injustice, leur refuser ici l'honneur de ces admirables inventions.

Quant au fauteuil, nous en avons déjà suffisamment parlé ; mais pour ce qui est des poses, il nous reste à observer qu'il y en a de plusieurs espèces. Les plus connues et les plus longues sont celles dont nous venons de parler au sujet du sieur Gazard. Les autres consis-

tent à diviser le supplice en deux, trois ou quatre parties, de façon que la pose ou l'intervalle
que l'on met d'une reprise à l'autre, ne soit
que d'environ une ou deux minutes. Ceci demande quelque détail.

Quand on veut punir à l'extraordinaire, mais
d'une manière cependant un peu différente de
celle de ce notaire, on commence par donner
au patient 70 ou 80 coups de fouet au coin ordinaire du supplice; après lesquels le Régent,
en s'expliquant très nettement que ce n'est là
qu'un à-compte, ordonne de changer de place.
Alors le correcteur transporte son échafaud
de l'autre côté de la porte, le teneur va s'y ras-
seoir, et le patient, la culotte toujours bas, ou
si l'on aime mieux, la bourse toujours ouverte,
y va reprendre l'exercice de sa charge de receveur : charge, à la vérité, qui le rend très différent, *ut per se patet*, de tous les autres receveurs généralement quelconques, sans en ex-
cepter même les grippe-sols; mais une diffé-

rence à laquelle on ne penserait peut-être pas, et qui est pourtant essentielle, c'est qu'il y a des receveurs qui ont équipage, n'importe aux dépens de qui ; au lieu que par son attitude ou sa posture, le receveur dont il est ici question, ressemble mille fois plutôt au laquais qui est derrière le carrosse qu'au maître qui est dedans.

Si ces deux stations dont nous venons de parler ne paraissent pas suffisantes, le juge en ordonne d'office une autre pour le troisième coin, et quelquefois encore une autre pour le quatrième.

Enfin, quand on veut donner à ces exécutions à quatre coins tout l'éclat et toute la publicité dont elles sont susceptibles, on choisit pour grève la cour du Collège, et à chaque angle, on y fleurdelise le criminel, non pas aux épaules, car ce serait trop indécent, mais précisément au-dessous de l'échine.

Je ne me souviens pas au reste qu'on ait fait

12

de mon temps dans les classes ou dans la cour du Collège de Rhodès, aucune de ces exécutions *quadrilatères* ni mêmes *tripartites;* cependant il n'est pas moins vrai qu'on en voit de temps en temps de pareilles : et l'homme le plus impudent de ce temps-là ne le serait pas encore assez pour oser en disconvenir. Mais pour ce qui est de ces supplices *mi-partis,* ou à deux coins, je me rappelle au moins d'un. Le criminel s'appelait Carrière. Si je ne le nommais pas, je craindrais que sous le prétexte que je n'avais pas alors l'âge requis par les lois pour pouvoir servir de témoin, on ne voulût attaquer ce que je viens de dire sur son compte; mais en l'appelant lui-même en témoignage de ce qui le concerne ici, on n'aura pas un tel défaut d'âge à lui reprocher, car il avait déjà 16 ou 17 ans, le jour qu'il eut l'honneur de danser en si belle compagnie deux de ces menuets consécutifs de 80, ou au moins de 60 mesures chacun.

Le trait que j'ai promis du Collège de Mauriac, c'est qu'un des Régents qui imitait bien
ses confrères de Rhodès, ne faisait jamais
fouetter sans se mettre pendant l'exécution
(toujours assez longue) auprès du patient et
sans lui faire une longue et pathétique exhor-
tation de changer de vie; mais ce qu'il y a de
bien singulier, c'est qu'il s'interrompait de
temps en temps pour s'adresser au correcteur
et lui dire : mon ami, ce que je dis à ce pares-
seux, ne te regarde pas; va toujours ton chemin et tâche de bien appliquer tous tes coups.

Un tel écolier assurément ne pouvait guère
manquer de changer de conduite, on l'y pous-
sait en même temps par devant et par derrière.
Pendant le temps que le Régent qu'il avait en
face, lui inspirait de l'horreur pour la paresse,
ou pour la dissipation, par les paroles qu'il ju-
geait les plus propres à le toucher et à s'imprimer dans son cœur, le correcteur, de son côté,
lui parlait par derrière encore plus éloquem-

ment, par les grands coups de martinet qu'il lui gravait sur les fesses, sans aucun ménagement.

Dirait-on, si je n'en faisais ici expressément la remarque, que ces flagellations du collège de Mauriac, quelque risibles qu'elles fussent, excepté pour le principal acteur, étaient cependant semblables, du moins par un côté, à celle que fit donner à un de ses esclaves un grand homme de l'antiquité, Plutarque? Un jour qu'en sa présence il faisait très bien étriller cet esclave, il s'amusa à répondre aux reproches que celui-ci lui faisait de ne le faire si bien fouetter que par colère. Par où peux-tu juger, lui répartit Plutarque, que je suis en colère? Je n'ai ni les yeux enflammés, ni le visage ému, ni la voix animée. Cependant, pour que les reproches de l'esclave, ou la justification du maître, ne missent pas le fouetteur dans le cas de suspendre ou de ralentir ses coups, Plutarque se tourna vers lui, pour lui enjoindre expressément d'aller toujours le même train. Fouette toujours !...

Quand on lit ce que les écrivains les plus sensés ont observé sur le pouvoir et la force de l'habitude, il est très aisé de sentir d'où vient qu'il y a eu des Jésuites qui ont encore exercé leur orbilianisme dans d'autres lieux que leurs Collèges, et sur d'autres personnes que leurs écoliers. Ils s'étaient tellement accoutumés dans leurs classes à flageller ou à faire flageller, qu'ils n'ont pu s'en passer entièrement après avoir cessé d'enseigner. Et cette habitude les a tyrannisés à tout âge, dans l'un et dans l'autre Continent, et dans toutes sortes de postes. De là viennent, sans doute, leurs flagellations scandaleuses ou cruelles, mais non scolastiques, qui se trouvent consignées dans des ouvrages très publics. Rapportons-en quelques-unes.

En Espagne, sous le spécieux prétexte de faire pratiquer la pénitence, ils y avaient établi dans plusieurs villes des confréries de flagellants qui, non contents d'aller se fouetter dans les églises des Jésuites, le faisaient encore publiquement et jusques dans les processions publiques. Ils avaient introduit cet usage, même parmi les dames, et ils auraient peut-être encore fait pire, si ces scandales n'avaient obligé le concile de Salamanque de 1565 à faire un décret pour défendre une pratique si contraire à la pudeur (1).

A Toulon, le Père Girard imagina en faveur de la Cadière, sa pénitente, un semblable moyen de justification : mais il porta la charité encore plus loin ; parfait imitateur de ces sacrificateurs ou Pontifes dont parle Plutarque dans la vie de Numa Pompilius, c'était lui-même qui en 1729 donnait la discipline à la vestale, en pénitence de ses fautes (2)

(1) Histoire des Religieux de la Compagnie de Jésus. L. 6, n° 90.

(2) Recueil général des pièces concernant le procès entre la Demoiselle Cadière et le Père Girard.

A Douai, en 1690, M. de Ligny, premier professeur de philosophie au Collège royal, ayant poussé à bout dans une dispute publique le Père Beeckman, professeur chez les Jésuites, celui-ci le menaça publiquement de s'en venger et lui dit tout haut : *Ego te flagellabo*, ce sera moi-même qui te fouetterai : paroles remarquables et qui semblent tout naturellement se rapporter ou faire clairement allusion à l'usage où sont les Jésuites des Flandres de donner eux-mêmes le fouet. Ce père, malgré la chaleur de la dispute et la fureur où il était de se voir poussé à bout, conserva assez de présence d'esprit pour se ressouvenir qu'il était dans une province où l'on a jamais voulu permettre à sa compagnie d'avoir des correcteurs. Si c'eût été dans tout autre pays qu'il eût menacé du fouet ce professeur, il ne lui aurait sans doute pas dit qu'il le lui donnerait lui-même, *ego te flagellabo*, mais qu'il le lui ferait donner, *ego te flagellandum curabo*. Cependant ce Jésuite ne fouetta ni ne fit fouetter M. de Ligny. Ce Père et les autres de la Société aimèrent mieux, pour se venger, lui jouer un tour qui a fait tout l'éclat possible et qu'on appelle *la fourberie de Douai*, ou *le faux Arnaud*. Je ne saurais dire dans combien d'ouvrages différents on trouve le détail de cette imposture.

A Rouen, les Jésuites ayant attiré chez eux en 1715 un porteur d'eau sous prétexte de lui donner leur pratique, ils le firent, dit-on, lier sur une table et le fouettèrent cruellement. C'était pour le punir d'avoir osé déposer contre leur Père De la Motte, au sujet des propositions contraires au gouvernement, que ce Jésuite avait avancées dans le sermon qu'il prêcha à Rouen le 20 octobre 1715 (1). Il faut convenir que les Collèges sont bien funestes

(1) Dénonciation faite à Nosseigneurs du Parlement de Normandie, de la conduite que les Jésuites ont tenue dans cette Province. **Page 152.**

aux porteurs d'eau : s'ils y entrent pour donner le fouet, on les tue; si c'est pour fournir de
l'eau, on les fouette.

A Pondichéry, les Jésuites traitent à peu
près leurs chrétiens comme à Rhodès leurs
écoliers. L'acte que nous allons rapporter en
est la preuve.

Je soussigné, ingénieur ordinaire du roi,
premier capitaine des troupes de la garnison
de Pondichéry, commandant la nuit les dehors
et forts de la ville, certifie que le seizième jour
d'août 1706, environ sur les neuf heures du soir,
m'a été amené par le sieur Dumais-Duplessis,
aide-major du fort Louis et de la ville de Pondichéry, le nommé Antoine Malabare Chré-
tien, qu'il avait trouvé, en faisant sa ronde,
attaché à un arbre de la place publique devant
la porte des RR. PP. Jésuites; s'y étant rendu
aux cris du dit Antoine, qu'un des serviteurs
des dits Pères fouettait par l'ordre du P. Tur-
pin, religieux du dit Ordre, qui était présent,

sur le rapport que m'en a fait ledit sieur Du-
plessis. Fait à Pondichéry, le 16 février 1707.
(Signé, de Nion, mém. du P. Norb., tome I,
page 219).

Ce certificat est clair, sans doute, et digne
de faire foi tant en jugement que dehors. Tout
ce qui y manque, c'est qu'on n'y voit pas, si
c'était sur les épaules, ou un peu plus bas,
qu'on fustigeait ce misérable.

Dans la relation abrégée concernant la répu-
blique que les Jésuites d'Espagne et de Portugal ont établie dans les pays et domaines d'ou-
tre-mer de ces deux monarchies, on lit à la
page 23, de même qu'à la page 6 de l'addition
de cette relation, que ces Pères tiennent les In-
diens dans le plus dur esclavage, et punissent
la moindre de leurs fautes, avec la dernière
sévérité.

« L'usage du châtiment, y ajoute-t-on, est
un nombre de coups proportionné à la faute.
Les Cachiques et autres qui ont les premières

charges de la guerre et de la police, n'en sont pas exempts. »

Faut-il conclure de tout ce que je viens de dire qu'on ne doit jamais employer cette espèce de châtiment dans les écoles ou Collèges? Ce n'est nullement ma pensée; et j'avoue au contraire, qu'il y a eu des écoliers qu'on ne pouvait fouetter ni trop souvent ni trop fort. Tels étaient entre autres :

1° Ceux dont on ne put jamais tirer autre chose que ce qu'on leur avait enseigné, savoir que chacun devait respecter son roi, mais que c'est au pape à déclarer qui est-ce qui est le roi légitime.

2° Les écoliers qui à Goa, en 1640, se masquèrent en diables, et même ceux qui s'habillèrent alors en anges.

3° Les écoliers qui à Pamiers en 1668, arrachèrent publiquement des portes de l'Eglise une sentence d'excommunication que l'évêque avait fait afficher contre trois Jésuites, la mi-

rent en pièces après l'avoir arrachée, et la cou-
vrirent de boue dans les endroits d'où ils ne
purent l'enlever; qui allèrent alors, pendant
plusieurs jours, attroupés et avec des armes,
et durant la quinzaine du jubilé vinrent plusieurs fois sur le soir dans l'Eglise, pendant
le sermon, et y firent mille insolences, jusqu'à
insulter aux ecclésiastiques qui voulaient les
faire retirer.

4° Les écoliers qui, à Léopold en Pologne,
ont souvent troublé par des tumultes la tran-
quillité des citoyens, y ont fait des invasions
dans les maisons, etc.

Il est sans doute très rare que des écoliers se
portent à de tels excès, dont la punition même
appartient plutôt aux magistrats qu'à la justice
scolastique. Mais pour ne parler que de fautes
d'écoliers proprement dites, il y en a, sans
doute, pour lesquelles on doit employer le châtiment des verges dans les écoles et Collèges.
Et s'il faut ici apprendre aux pédants et pédan-

tes, quelles sont les fautes qu'il faut ainsi punir, dans quel esprit, avec quelles mesures il faut les punir, on ne peut rien faire de mieux que de les renvoyer au quatrième volume de la Manière d'enseigner et d'étudier les belles lettres par M. Rollin. Quel dommage que toutes les règles et les avis qu'il y donne ne soient pas écrits en caractères ineffaçables dans l'esprit et dans le cœur de tous ceux et celles qui sont chargés de l'éducation et de l'instruction de la jeunesse! Si ce grand homme y a omis quelque chose, c'est de n'y avoir rien dit des moyens de contenir les maîtres eux-mêmes dans leur devoir, et de ne pas les laisser impunis, lorsqu'ils punissent sans raison.

« La faiblesse de notre condition, disait le cardinal de Richelieu, requiert un contre-poids en toutes choses. » Et par malheur, il n'est que trop démontré que l'esprit de sagesse, de prudence et de modération n'est pas donné à tous les morlets, surtout à l'âge de 17 ou 18 ans. A

cet âge et à tout autre, il suffit de mettre l'homme à portée de suivre ses inclinations ; il cè-
dera à coup sûr à sa faiblesse, il abusera de son
pouvoir, s'il n'est retenu par quelque crainte
particulière.

Si nous parcourions tous les états ou toutes
les conditions, nous trouverions toujours quelques motifs ou quelques freins particuliers qui
brident les supérieurs, et les empêchent de
faire un mauvais usage de l'autorité qu'ils ont
sur leurs inférieurs. Il n'y a que dans les écoles
de paroisse ou dans les Collèges que l'on ne
voit rien de tel. Et c'est là cependant où un
frein si salutaire serait peut-être plus désirable
que partout ailleurs.

Je ne pense pas cependant qu'encore que les
pédagogues soient à la fois juges et parties
dans leurs Collèges ou écoles, on doive resser-
rer leur autorité dans des bornes étroites. Je
crois au contraire qu'en bonne morale et en
bonne politique, il convient de la leur laisser

aussi pleine et entière qu'ils l'ont eue jusqu'à ce jour, et qu'on ne peut trop inculquer à tout écolier l'obligation où il est d'*obéir aveuglément à son maître, quelque chose qu'il commande, sans réserve, sans exception, sans examen, et sans hésiter même intérieurement : d'être dans ses mains comme un cadavre, ou comme un bâton dans celles d'un vieillard, en se pénétrant du principe que tout ce qu'on lui commande, tout ce qu'on lui fait souffrir est juste, et en abdiquant tout sentiment personnel et toute volonté propre.*

Mais tout zélé défenseur que je sois des lois légitimes de la subordination, comme les pères et mères ne sont, et ne doivent être aucunement soumis au maître de leurs enfants, il me paraît que s'ils viennent à apprendre qu'on est dans l'habitude de les fesser sans raison dans les Collèges ou écoles, il doit leur être permis d'en porter plainte et d'espérer qu'ils seront écoutés.

Nous sommes dans un temps auquel il sem-

ble qu'est réservée la gloire de réformer toutes sortes d'abus. C'en est un sans doute que
ces cruautés pédantesques, et je n'ai fait ma
dénonciation d'une partie de celles dont j'ai
été témoin que parce que l'occasion m'en a
paru favorable.

Quand j'ai traité l'orbilianisme de cruauté,
mon intention n'a pas été de supposer que
cette passion procède toujours d'une barbarie
innée, ou de quelques transports de vengeance
et de colère. Il paraît, au contraire, pour peu
qu'on y fasse attention, que ce vice a ses raci-
nes, tantôt dans le caractère naturel de l'esprit, et tantôt dans la corruption du cœur.
Dans ceux-ci, c'est inhumanité, dans ceux-là,
c'est inclination enfantine; il y a des orbilianistes de politique, il y en a d'habitude; les
uns le sont pour des principes fort opposés à
la religion, les autres le sont par des principes
même de religion ou par zèle, et néanmoins
par cruauté, car dans les personnes fort atta-

chées à leurs devoirs, mais en même temps peu instruites, le zèle est assez ordinairement cruel, témoins quelques Frères Ignorantins et quelques Sœurs du Pot. Ce n'est ni la colère ni quelqu'autre motif criminel qui leur fait trouver, comme à tant d'autres, un véritable plaisir à déchirer les enfants à coups de fouet, mais seulement l'envie de remplir avec joie les fonctions de leur état. Ils sont inhumains, pour ainsi dire, par pitié, car ce n'est que la compassion qu'ils ont pour les faiblesses et les défauts des enfants qui les oblige, pour les en corriger, de les fesser en conscience; et cette obligation où ils se croient de punir très sévèrement jusqu'aux moindres de leurs fautes, ils s'en acquittent avec d'autant plus d'exactitude et de zèle qu'ils ne trouvent, dans le fond de leur cœur, ni dégoût ni répugnance pour l'accomplissement d'un devoir à leurs yeux si indispensable.

Quels que soient les termes dont j'ai été

13

obligé de me servir, pour donner une légère idée de ces abus des écoles et collèges, je serais bien fâché qu'on m'accusât de ne pas faire tout le cas possible du ministère des instituteurs publics ou particuliers. Leur état est des plus utiles et des plus nécessaires, je dirai même des plus nobles : ils sont employés aux fonctions les plus importantes du gouvernement, à la formation des sujets destinés à être la lumière de l'Eglise, l'appui du trône, le rempart de l'Etat. Si un maître s'acquitte bien de ses obligations, on lui doit les mêmes sentiments qu'à un père, par la raison qu'en donne Alexandre le Grand, que l'on est redevable à l'un de vivre et à l'autre de bien vivre : *hujus enim munus esse quod viveret; illius, quod honeste viveret.*

Je ne demande point grâce, chers lecteurs, pour aucun mensonge ou pour aucune calomnie. Ce n'est pas que j'ignore que s'il était jamais permis de mentir ou de calomnier, ce serait surtout dans un ouvrage aussi subtil que celui-ci, où l'on a vu que la matière m'a engagé presque à chaque page à prendre le ton badin ; mais je sais en même temps qu'il n'y a ni légèreté de matière, ni direction d'intention qui puisse autoriser en aucun cas à blesser la vérité, pas même dans les lettres de bonne année, ni dans les oraisons funèbres. Aussi j'ai eu un soin tout particulier, au milieu même de mes plaisanteries, de ne rapporter aucun fait faux. Et pourvu qu'on ne m'accuse pas d'avoir voulu faire un usage profane d'expression en quelque sorte sacrées, je finirai par ces paroles de saint Hilaire : « Si nous disons des choses fausses, que nos discours soient tenus pour infâmes ; mais si nous montrons que celles que nous produisons sont publiques et manifestes, ce n'est point sortir de la modestie... que de les reprocher. »

PREMIER ESSAI

DE

BIBLIOGRAPHIE

SUR LA

FLAGELLATION

———•⋊⋉•———

Livres Modernes
FRANÇAIS ET ANGLAIS

1912

Des suppléments tiendront cette bibliographie
au courant des publications récentes

AVIS

Notre Librairie adressera dans un délai de 24 heures tous les ouvrages mentionnés ci-contre, par poste recommandée. Les prix indiqués sont nets et *franco*. Prière toujours de joindre le montant à la commande en un chèque ou mandat. Tous ces ouvrages ayant libre cours en France voyagent à l'étranger aux risques et périls du destinataire .

1. — **Agerur** (Jean d'). — Les Trois Pécheresses. 1 vol. br...................... 5 fr.

Ce Roman gai n'a pas d'équivalent dans la littérature contemporaine. Il est fantaisiste, leste, pimpant, pimenté d'un assaisonnement pervers dont la recette était perdue depuis le XVIIIe siècle. Nombreuses illustrations.

2. — **Agerur** (Jean d'A), et **Dom Brennus Aléra.** — Contes Paillards. 1 vol. br........ 5 fr.

3. — **Agerur.** — Contes polissons. 1 vol. 5 fr.

Illustrations nombreuses et artistiques.

4. — **Albérica** (Carlo). — Les cinglades voluptueuses ou comment je devins Flagellant. 1 vol. in-18°...................... 5 fr.

Confession d'un disciple du fouet.

5. — **Albérica.** — **Les cinglades passionnées.** 1 vol. in-18°...................... 5 fr.

Deuxième partie des confessions d'un disciple du fouet.

6. — **Alexander** (Max). — Satyres et flagellants. 1 vol. in-18° .... 5 fr.

Ces récits luxurieux étonneront le public par leurs horreurs et leurs bizarreries.

7. — **Andrews** (William). — Châtiments de jadis. 1 vol. .... 20 fr.

Histoire de la torture et des punitions corporelles en Angleterre. Préface de Laurent Tailhade, illustré de Jodessins.

ANECDOTES INTIMES
SUR LA FLAGELLATION

nes. Masochisme. — Fétichisme. — Domination de la femme. — Les Mystiques, les sanguivores et les cruels. — Dégénérescence sexuelle en littérature. — Essai de morale sexuelle.

15. — **Le Bouquet de Verges**. 1 vol..... 10 f

16. — **Brennus Aléra (Don)**. — Cinquante ans de flagellation. 1 vol. in-18° br....... 5 fr.

17. — **Brennus Aléra (Don)**. — Le Père Fouettard. 1 vol. in-18° br............... 5 fr.

18. — **Brennus Aléra (Don)**. — Les mille et une Nuits d'un flagellant. 1 vol. in-18° br... 5 fr.

19. — **Brennus Aléra (Don)**. — Le Tour du Monde d'un flagellant de marque. 1 vol. in-18° broché .... 5 fr.

Ces volumes sont extraits du Journal intime du Baron de M***, flagellant de marque.

20. — **Brennus Aléra (Don)**.— Ganem —captivant volume de 350 pages avec de nombreuses illustrations en noir et plusieurs compositions en couleurs................. 20 fr.

Volume tout spécialement consacré au **Masochisme**. *Il s'adresse à tous ceux qui se passionnent pour les scènes qui montrent l'homme torturé par la main d'une femme cruelle humiliée sous son pied autoritaire.*

21. — **Brennus Aléra (Don)**. — L'Amante des chaussures. 1 vol. br.................. 20 fr.

Roman mouvementé tout spécialement consacré au fétichisme des chaussures. — Scènes variées et colorées où le pied de la femme et son écrin se trouvent toujours placé au premier plan.

x

FLAGELLATION. — Œuvres de Aimé Van Rod. — Réunion de jolis volumes dans le format in-18° brochés, sous couverture illustrée en deux couleurs. Le texte est orné de plusieurs illustrations documentaires.

93. — **FLAGELLATION.** — Œuvres de Jean de Virgans. — Réunion de beaux volumes dans le format in-16° br. couverture illustrée en couleurs, dessins dans le texte et hors texte.

94. — **Flagellées.** — Vengeance Romaine. 1 volume .... 5 fr.

95. — **Sous le fouet de l'Inquisition.** — Episodes de la guerre de l'Indépendance. 1 vol. 5 fr.

96. — **Gitanes flagellants.** — Mœurs de Romanichels. 1 vol........................ 5 fr.

97. — **Martyrisées.** — Episodes de l'insurrection des Boxeurs. 1 vol.................... 5 fr.

98. — **Maître et Esclave.** — Flagellation des femmes à Rome sous Néron. 1 vol... 5 fr.

99. — **Par le Knout.** — La flagellation des femmes en Pologne. 1 vol................ 5 fr.

100. — **Parisiennes Flagellées.** — Chez les brigands siciliens 1 vol................. 5 fr.

101. — **Esclaves Modernes.** — La traite et la flagellation des blanches dans le Sud-Afrique. 1 vol. .... 5 fr.

---

102. — **Flagellation des femmes en Allemagne.** 1 vol............................... 40 fr.

Roman authentique d'une prisonnière, avec 20 illustrations hors texte, tirées en deux tons, par Martin Van Maële.

OUVRAGES EN ALLEMAND

121. — Die Wonnen der Rute. (Les Callipyges), *2. Bde (700 num. Expl.). Privatdruck. mit 10 original. Illustrationem Br*....... 35 fr.

122. — Sade (de). Justine und Julliette. — *Mif den 104 orig. Illustrationem. 4, Bde (500 num. Expl.) geb*.............. 200 fr.

OUVRAGES EN ANGLAIS

123. — The Birchen Bouquet. 1 vol. br. 25 fr. *Or curious anecdotes ofladies fond of administering the Brich discipline.*

124. — The Callipyges : *the Expériences of Four Ladies of the Englisch Aristocracy.* — 2 vol. with 11 artistic eng........ 62 fr. 50

125. — Country Retirement. 1 vol. br. 12 fr. 50 *Or how to passtime please antyin a Manor house. Followed by a letter from a Member, of the Romps club.*

126. — The Couvent School or Early. 1 volume broché .... 25 fr. *Expériences of a young flagellant, by miss Belinda Coote.*

127. — Curiosities of Flagellation. 2 vol. br. in-18° .... 37 fr. 50

128. — Flagellation Diana Duchess of Dorlove. 1 vol. br........................... 20 fr.

La Flagellation chez les Jésuites, ou l'**Orbilia-nisme**. 1 vol. in-18, avec une planche. 5 fr.

138. — **Rebell** (V.). — **Femmes châtiées.** 1 volume .... 20 fr.
Cinq contes. Edition limitée à 500 ex. et presque épuisée.

139. — **Régine** (Queenie), ou les aventures d'une fillette aux Antilles. 3 vol........... 45 fr.
Roman américain renfermant plusieurs scènes de flagellation décrites avec un réalisme extraordinaire. Texte encadré.

140. — **Rhazis** (D^r). — La Flagellation en amour. 1 vol. in-18° br.......... 3 fr. 50
Couverture illustrée. Illustrations hors texte.

141. — **Robertski** (Paul de). — Tcherikof. 1 volume .... 40 fr.
Le fouet dans les guerres de Pologne (1830) et d'Autriche-Hongrie (1848), illustré de dix belles eaux fortes.

142. — **Sacher-Masoch** (Léopold Von). — Les batteuses d'hommes. 1 vol. in-18° br. 3 fr. 50
Traduit de l'allemand.

143. — **Sacher-Masoch** (Léopold Von). — Vénus Impératrix. 1 vol. in-18°.......... 3 fr. 50
Nouvelles posthumes. — Traduit de l'Allemand.

144. — **Marquis de Sade.** — Justine et Juliette. 10 vol. in-18° sur papier vergé, 104 illustrations .... 500 fr.
De toute rareté.

145. — **Marquis de Sade** et son temps par Dr E. Duchren. 1 vol. in-8° de 500 ph... 10 fr.
Avec une bibliographie détaillée des œuvres du célèbre Marquis. Épuisé.

146. — **Marquis de Sade.** — Aline et Valcour. 4 vol........................... 50 fr.
Epuisé.

147 — **Marquis de Sade**. — Les 120 jours de Sodome ou l'Ecole du Libertinage, écrits en 20 soirées, de 7 h. à 10 h. et finis le 12 novembre 1785. Un très fort vol. in-8°. 400 fr.
Ecrit à la Bastille. Epuisé.

148. — **Samuel.** — La Flagellation dans les Maisons de Tolérance. 1 vol. in-18° .. 5 fr.
Etude de pathologie sociale.

149. — **Strauss** (Maurice). — Le Seigneur des Mouches. 1 vol. .... 3 fr. 50
Roman sur la fustigation « Politique » et autres brutalités infligées aux femmes juives en Russie.

150. — **Supplices** (les) **Militaires.** — Etudes sur les punitions corporelles infligées aux soldats des armées de terre et de mer, à travers les siècles et principalement en France et en Angleterre. 1 vol. in-8° carné......... 30 fr.
Belle impression sur velin d'Arches orné de 10 grandes illustrations en couleurs hors texte et en double page d'après les tableaux du peintre militaire Raymond Desvarreux et de seize en têtes symboliques de Georges Roux.

151. — Tortures et tourments des Martyrs chrétiens. — Traduction de S. S. Martyrum Cruciatibus par le Révérend Père Antoine Gallonio. Prêtre de l'Oratoire. 1 vol. pet. in-4° broché .... 20 fr.

Traité des instruments de martyre et des divers modes de supplices employés par les païens contre les chrétiens. — Joli volume imprimé sur beau papier vergé anglais contenant 46 planches représentant des scènes de torture d'après les gravures sur cuivre d'Ant. Tempesta.

152. — Valonnes (Bernard). — Maisons closes. 1 vol. br......................... 5 fr.

Documenté par les observations de dix années de Voyages à travers le monde.

152 *bis*. — Prêtresses de Vénus. 1 vol. br. 5 fr.

C'est l'œuvre la plus complète. la plus documentée, la plus pittoresque, la plus vivante qui ait été écrite sur les grandes courtisanes.

153. — Vendus comme esclaves. 1 vol. in-18° broché .... 3 fr. 50

Récits authentiques de l'Insurrection des nègres-marrons sur la Rivière-Rouge en l'année 1860.

154. — Verner (P. Von). — Sadistes et Masochistes. — L'amour anormal du XVIII° siècle à nos jours. — *Paris*, s. d. in-8° br..... 6 fr.

Etude historique de la névropathie et des perversions de l'instinct sexuel depuis le XVIII° siècle jusqu'à nos jours.— (Traduit de l'allemand).

— Qu'est-ce que le Masochisme ? — Qu'est-ce que le Sadisme ? — Un chef-d'œuvre de sadisme. Sacher Masoch expliqué par lui-même. Monstruosités sexuelles. La Flagellation. La flagellation en Europe. La flagellation dans l'armée anglaise.

155. — **Villiot** (Jean de). — Le Fouet au Harem. 1 vol.............................. 5 fr.
Roman puissant.

156. — **Villiot** (J. de). — **Fustigations vécues.** 1 vol.............................. 5 fr.
Contes et études. Ouvrage documenté, illustré.

157. — **Villiot** (J. de). — **Les contes du fouet.** 1 vol.............................. 5 fr.
Révélations sur l'école et la chambre à coucher, traduit de l'anglais.

158. — **Villiot** (J. de). — **Le fouet à Londres.** 1 vol. .... 5 fr.
Roman de mœurs de grandes Dames anglaises.

159 — **Villiot** (Jean de). — Œil pour œil. 1 volume .... 20 fr.
Roman historique très puissant sur la flagellation en Turquie, tiré à 300 ex. seulement et presque épuisé.

160. — **Villiot** (J. de). — **Volées de bois vert.** 1 vol.............................. 30 fr.
Quatre contes, illustrés belles aquarelles dans et hors texte.

A LA MEME LIBRAIRIE

Les Sociétés d'Amour au XVIIIᵉ siècle, 1 vol.,
8 planches........................ 20 fr.

Les Femmes et l'Adultère, 1 vol., 2 pl.   15 fr.

Les Femmes et la Galanterie au XVIIᵉ siècle,
1 vol. 2 pl. gr.................... 15 fr.

La Raucourt et ses Amies. 1 vol. 3 planches
grav. .... 20 fr.

Mlle de Charolais, Procureuse du Roy. 1 vol.
2 pl. gr......................... 15 fr.

La Chronique Scandaleuse. Les Mauvais
Lieux. 1 vol. 4 pl. gr.............. 15 fr.

La France Libertine. 1 vol. .... 8 fr.

Le Baiser en Grèce. 1 vol............. 8 fr.

Le Musée secret de Naples. 1 vol...... 20 fr.

L'Humanité féminine (500 ill. de Nu) 12 fr. 50

Mes Modèles. (600 ill. de Nu). 2 vol.... 20 fr.

Le Nu au Théâtre. 1 vol., 254 ill....... 20 fr.

Anthologie universelle des Baisers. 6 vol. 60 f.

Choix de chansons Galantes. 1 vol. 2 pl. 12 fr.

Les Détraquées et les Frissonnières de Paris.
2 volumes...................... 7 fr.

———

Envoi franco contre mandat ou chèque.

Imprimerie VALLIER, rue Emile-Gueymard, Grenoble

EN VENTE A LA MÊME LIBRAIRIE

Marius BOISSON

La Flagellomanie

Étude philosophique des perversions modernes

**Masochisme. — Domination de la Femme.
Fétichisme. — Les Mystiques. — Les Dégénérées
Essai d'une morale sexuelle.**

Paris 1912. Un fort volume in-8°............... **8 fr.** »

Armand DUBARRY

Les Flagellants

Un volume in-18, broché................... **3 fr. 50**

J. GRAND-CARTERET

La Flagellation Historique

Nombreuses illustrations documentaires

Paris. Un volume in-18, broché............. **5 fr.** »

Assortiment unique
de Livres sur la Flagellation

CATALOGUE GRATIS SUR DEMANDE

www.ingramcontent.com/pod-product-compliance
Lightning Source LLC
Chambersburg PA
CBHW050355030726
47503CB00006B/1860